STAR WARS

THE CLONE WARS

La voie du Jedi

Traduction : Jonathan Loizel
Conception graphique du roman : Audrey Cormeray.
Hachette Livre, 43, quai de Grenelle, 75015 Paris.

AVENTURES SUR MESURE

STAR WARS

THE CLONE WARS

La voie du Jedi

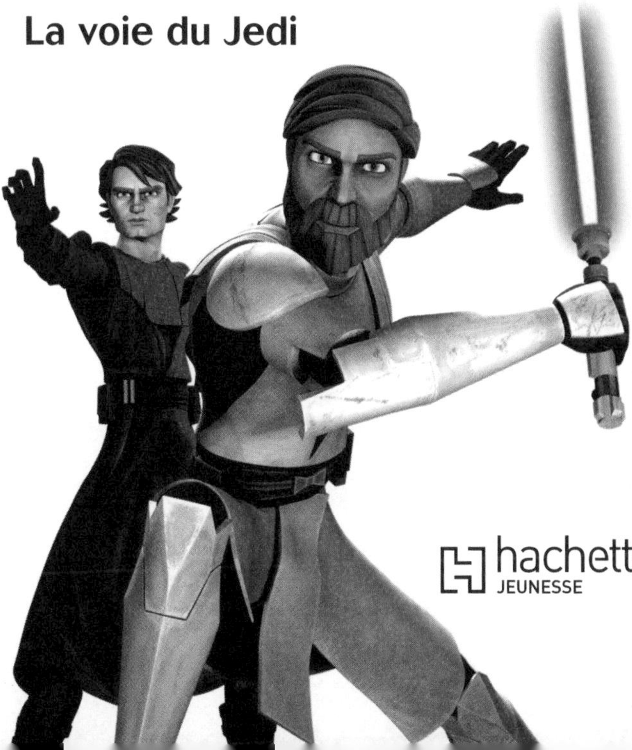

hachette
JEUNESSE

Comment lire ce livre ?

À travers la vitre, tu aperçois le Sergent Lex qui s'apprête à poser les charges, mais le gaz mortel est déjà en train de l'atteindre.

— Ça va être une sacrée explosion, continue le clone, je vous conseille de déguerpir.

— Lex ? appelles-tu. Mais il est déjà trop tard. Le clone s'est évanoui sous l'effet du gaz. C'est ma faute. J'aurais dû écouter R3…

Jaylen te rappelle à la réalité en te tirant par la manche.

— On n'a pas le temps de penser à ça. Tu as entendu le Sergent Lex, il faut bouger !

Rends-toi au 109.

Les choix

À chaque fin de chapitre, ce visuel t'indique où continuer ta lecture. S'il indique « Va au 15 », tu devras chercher le chapitre 15 pour continuer ton aventure. Attention, parfois, deux choix te sont proposés… à toi de faire le bon !

1

— Tu es au courant ? Ahsoka est devenue Padawan !

Bien sûr que tu le sais. Tout le monde le sait, d'ailleurs. Depuis la séance de méditation de ce matin, tous les initiés ne parlent que de ça.

Ahsoka Tano, la plus douée des élèves, pour le maniement du sabre laser et le pilotage, est déjà en route pour Christophsis afin de rencontrer son nouveau Maître. Et ce n'est pas n'importe qui ! Anakin Skywalker, tout juste débarrassé de son statut de Padawan, et pourtant déjà une légende sur les champs de bataille. C'est une bonne association : la Togruta est une des plus jeunes initiées à devenir Padawan, juste après Anakin Skywalker lui-même. Tu es très fier de ton amie Ahsoka. Peut-être un peu jaloux, mais fier. On dirait que ton meilleur ami Jaylen prend cette nouvelle un peu plus mal…

— C'est pas juste ! s'écrie-t-il, ce qui lui attire un regard sévère du droïde SP4 de la bibliothèque. J'ai trois ans de plus qu'elle et je suis bien meilleur pilote.

Les chapitres

Pour repérer les chapitres, cherche les numéros comme celui-ci. Ils apparaissent en haut de page.

Les planètes de la galaxie doivent choisir leur camp : s'allier aux Séparatistes ou aider les Jedi à protéger la République ? Un seul clan survivra à cette guerre. Le vainqueur contrôlera la galaxie tout entière, et fera régner la paix ou la terreur…

Les Jedi

Anakin Skywalker

L'ancien padawan d'Obi-Wan est devenu un Chevalier Jedi impulsif et imprévisible. Il a une maîtrise impressionnante de la Force. Mais est-il vraiment l'Élu que le Conseil Jedi attend ?

Ahsoka Tano

Yoda a voulu mettre Anakin à l'épreuve : il lui a envoyé une padawan aussi butée et courageuse que lui... Cette jeune Togruta possède toutes les qualités nécessaires pour être un bon Jedi, sauf une : l'expérience.

Les Jedi

Obi-Wan Kenobi

Général Jedi,
il commande l'armée
des clones. Il est reconnu
dans toute la galaxie
comme un grand guerrier
et un excellent négociateur.
Son pire ennemi est
le Comte Dooku.

Maître Yoda

C'est probablement
le Jedi le plus sage
du Conseil.
Il combat sans relâche
le Côté Obscur de la Force.
Quoi qu'il arrive,
il protégera toujours
les intérêts de
la République.

Les clones de la République

Ces soldats surentraînés ont tous le même visage puisqu'ils ont été créés à partir du même modèle, sur la planète Kamino. Le bras droit d'Anakin, le capitaine Rex, est un clone aussi entêté que son maître !

Les Séparatistes

Asajj Ventress

Cette ancienne Jedi a rapidement préféré le Côté Obscur de la Force. Elle est la plus féroce des complices du Comte Dooku, mais surtout, elle rêve de détruire Obi-Wan.

Le Comte Dooku

Il hait les Jedi. Son unique but est d'anéantir la République pour mieux régner sur la galaxie. Il a sous son commandement une armée de droïdes qui lui obéissent au doigt et à l'œil.

Le Général Grievous

Ce cyborg est une véritable machine à tuer ! Chasseur solitaire, il poursuit les Jedi à travers toute la galaxie.

Darth Sidious

Il ne montre jamais son visage, mais c'est pourtant ce Seigneur Sith qui dirige Dooku et les Séparatistes. Personne ne sait d'où il vient mais son objectif est connu de tous : détruire les Jedi et envahir la galaxie.

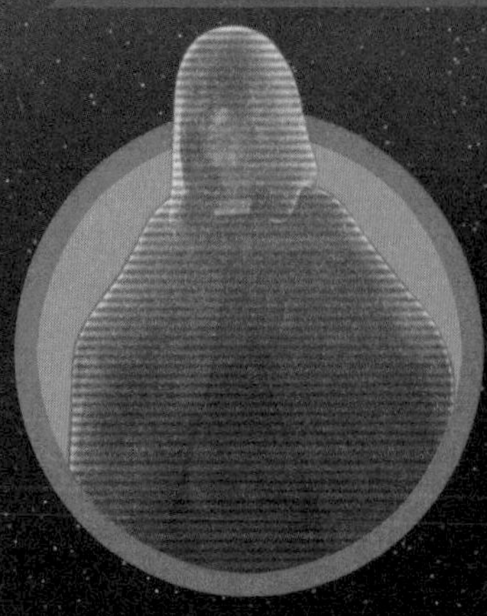

Le héros

Au début de cette aventure,

tu es un jeune initié.

Au temple Jedi, où tu passes tes

journées avec ton meilleur ami

Jaylen, tu attends avec impatience

d'être nommé Padawan...

1

— Tu es au courant ? Ahsoka est devenue Padawan !

Bien sûr que tu le sais. Tout le monde le sait, d'ailleurs. Depuis la séance de méditation de ce matin, tous les initiés ne parlent que de ça.

Ahsoka Tano, la plus douée des élèves, pour le maniement du sabre laser et le pilotage, est déjà en route pour Christophsis afin de rencontrer son nouveau Maître. Et ce n'est pas n'importe qui ! Anakin Skywalker, tout juste débarrassé de son statut de Padawan, et pourtant déjà une légende sur les champs de bataille. C'est une bonne association : la Togruta est une des plus jeunes initiées à devenir Padawan, juste après Anakin Skywalker lui-même. Tu es très fier de ton amie Ahsoka. Peut-être un peu jaloux, mais fier. On dirait que ton meilleur ami Jaylen prend cette nouvelle un peu plus mal…

— C'est pas juste ! s'écrie-t-il, ce qui lui attire un regard sévère du droïde SP4 de la bibliothèque. J'ai trois ans de plus qu'elle et je suis bien meilleur pilote.

Comme toi, Jaylen Kos a vécu toute sa vie au Temple Jedi. Tu es son meilleur ami depuis que vous avez cinq ans et que Maître Drallig vous a fait vous entraîner ensemble pendant les cours de sabre laser.

— Calme-toi, Jaylen, lances-tu en riant. Quand tu t'énerves, ton visage devient tout rouge et tu ressembles à Darth Maul !

C'est vrai. Le jeune Zabrak devient rouge comme une betterave Mandalorienne quand il est en colère.

— Tu sais, Maître Yoda ne l'aurait pas nommée Padawan si elle n'était pas prête.

— Ah oui ? Je crois que tu la défends parce que tu es amoureux d'elle, rétorque Jaylen.

Oh, oh… Votre dispute a attiré l'attention du droïde bibliothécaire.

— Jeunes Maîtres, dois-je vous rappeler que le niveau sonore de votre voix ne doit pas dépasser trente décibels lorsque vous êtes à la bibliothèque ? vous sermonne le SP4. De plus, toute accusation de sentiment amoureux doit être signalée à…

On peut programmer un droïde pour qu'il comprenne et analyse des milliers de mots et de protocoles, mais impossible de leur faire comprendre l'humour !

Tu t'apprêtes à t'excuser auprès du droïde mais tu sens soudain une main familière se poser sur ton épaule.

— Merci, SP. Je vais parler à ces garçons.

C'est Jocasta Nu, la directrice de la bibliothèque, une légende vivante du Temple Jedi.

— Je sais qu'il est difficile d'attendre qu'un Maître vous choisisse alors que vous avez presque l'âge de devenir Padawan, vous dit-elle, mais vous devez faire confiance à la sagesse de Maître Yoda et du Conseil.

Mais Jaylen laisse son mauvais caractère l'emporter.

— Comment quelqu'un pourrait savoir qu'on est prêts, alors que tous les Jedi sont à la guerre ? On veut combattre les Séparatistes, nous aussi ! On est prêts !

Le sourire de Jocasta vous calme tous les deux.

— Ah… Les jeunes sont toujours si pressés de se jeter dans la gueule du loup… La Force sait réunir élèves et Maîtres, même lorsqu'ils sont à des systèmes solaires de distance. Le moment venu, vous trouverez tous les deux vos maîtres.

Avant de retourner à ses activités, Jocasta se retourne vers vous.

— Oh, j'ai failli oublier ! Maître Yoda souhaite vous parler à tous les deux dans le jardin.

Tu échanges un regard intrigué avec Jaylen.

— Maître Yoda ? répètes-tu, étonné.

Le Maître des Jedi et chef du Conseil ne parle pas souvent avec des initiés. Est-ce que ça veut dire que…

Rends-toi au 53.

— Maître Eerin nous a dit d'attendre, alors attendons, dis-tu à Jaylen.

« Ce n'est pas la peur qui m'empêche d'intervenir, te dis-tu. C'est l'obéissance. » La meilleure chose à faire est d'attendre.

Tu gardes tes jumelles électroniques à portée de main, pour surveiller à la fois l'entrée du laboratoire qu'a empruntée Maître Eerin et la porte dérobée où s'est engouffrée Ventress.

Ventress finit par sortir du complexe, mais elle n'est plus seule. Des droïdes ouvriers transportent une grande boîte vers la soute du vaisseau Confédéré. C'est sans doute l'arme secrète de Bitt Panith.

Mais il y a autre chose. Tu frémis en voyant une escouade de gardes Magna tirer un grand sac marron hors du laboratoire. En y regardant de plus près, tu réalises que ça n'a rien d'un sac. C'est un humanoïde inconscient. Maître Eerin !

— On doit faire quelque chose ! s'écrie Jaylen.

« Qu'est-ce que je pourrais bien faire pour l'aider ? » penses-tu.

Tu es trop jeune… et pas assez fort…

— Ça va ? te demande Jaylen alors que tu restes silencieux. Parle-moi !

Mais il est trop tard. Tu as laissé la peur entrer dans ton cœur, et maintenant, elle a pris le dessus.

Le navire de guerre de la République se pose dans une petite clairière à quelques kilomètres de la base de Quaagan. Les clones suivent ton plan. Ils préparent leurs grappins pour pouvoir escalader la falaise.

Chewbacca est le meilleur guide que tu pouvais espérer. Le Wookie vous guide à travers la dangereuse forêt de Kashyyyk. Il évite les mares de sables mouvants et les sangsues Gorryl dissimulées dans les arbres.

Tu émerges enfin de la forêt sans t'être fait repérer, et fais face à la falaise. Tu aperçois un vaisseau Confédéré posé beaucoup plus haut sur un plateau rocheux. Grakchawwaa avait raison : Quaagan est vraiment du côté des Séparatistes !

— Merci pour ton aide précieuse, Chewbacca. Je pense qu'on peut continuer seuls. On se retrouve ici au retour, d'accord mon ami ?

Chewbacca émet un grognement et te suit du regard, alors que tu retournes auprès des clones.

Ils envoient leurs grappins droit sur la falaise et entament la difficile ascension. Aussi discrets que des ombres, vous grimpez le long de la roche jusqu'à arriver juste en dessous du plateau où se trouvent Quaagan et ses traîtres d'associés.

Tu te hisses avec précaution sur le rebord et passes rapidement en revue les alentours en quête d'ennemis. Mais rien n'aurait pu te préparer à ce que tu vois. Quaagan, le traître Wookie aux cheveux blancs, est en pleine discussion avec la diabolique Ventress Asajj, l'assassin personnel du Comte Dooku. Mais le plus incroyable, c'est que ton meilleur ami, Jaylen Kos, se tient juste à ses côtés !

Rendez-vous au 29.

Lorsque tu reprends connaissance, Jaylen, Sunchoo et toi êtes allongés au centre d'une vaste arène. Les gradins sont remplis d'aliens Séparatistes qui attendent avec impatience votre mise à mort.

Une voix rugit des haut-parleurs de l'arène.

— Amis de la Confédération ! C'est avec grand plaisir que nous vous offrons l'exécution de ces stupides Jedi et de leur misérable compagnon. Que leurs morts soient lentes et douloureuses.

La foule explose de joie. Le public tape des pieds sur le rythme des joueurs de tambours hrundo éparpillés autour de l'arène.

— Tu penses que le Conseil des Jedi va nous retrouver ? demande Jaylen.

— Je ne sais même pas où on est, répliques-tu. On n'a plus qu'à rester en vie le plus longtemps possible et à espérer…

Jaylen te jette un regard abattu. On dirait qu'il ne pense pas tenir plus de cinq minutes !

Soudain, la foule se tait et une énorme grille métallique s'ouvre à l'intérieur de l'arène. Après que Skywalker et Kenobi se sont échappés de l'arène de Géonosis, les Séparatistes sont décidés à ne prendre aucun risque. Ce n'est pas un, mais deux féroces Rancors qui sortent de la pénombre.

Sunchoo tremble de peur.

— Ne t'en fais pas, Sunchoo. Lorsque Maître Eerin se rendra compte que nous avons disparu, je suis sûr qu'elle viendra à notre secours, la rassures-tu.

Tu aimerais vraiment y croire, mais au fond de toi, tu sais que les renforts arriveront trop tard.

Hsskhor, la capitale Trandoshan, est une métropole de métal et de boue. Les rues de la ville sont remplies de mercenaires, de marchands d'esclaves et de toutes sortes de gens peu recommandables. Ce n'est pas un endroit pour un jeune homme, Jedi ou non.

Tu atterris devant le palais du Chef de Guerre et une escorte de gardes Trandoshan t'accueille. Sont-ils là pour assurer ta sécurité ou pour t'intimider ? Sans doute un peu des deux, te dis-tu… L'un d'entre eux, une grosse brute avec une plaque de métal sur l'œil, t'ordonne de le suivre.

— Par iccci, Jedi. Le Chef de Guerre Raikhssa n'aime pas qu'on le fassse attendre.

Tu te laisses guider entre les énormes portes de pierre jusqu'à la salle du trône du Chef de Guerre, en passant devant des statues d'anciens guerriers. Pendant que tu t'approches de Raikhssa, assis sur son trône, tu as l'impression d'être un criminel à son procès. Plusieurs Trandoshan haut placés te scrutent en murmurant.

— Puissant Raikhssa, je viens vous apporter un message de la plus haute importance, en tant qu'ambassadeur du Conseil des Jedi, commences-tu.

— Pourquoi es-tu si presssé, Jedi ? siffle Raikhssa. Tu as l'air fatigué et affamé. Accepte sss'il te plaît cet humble repas. J'espère qu'il te mettra en appétit.

Raikhssa tape dans ses mains et un esclave Trandoshan s'avance avec un grand saladier. Est-ce ton imagination qui te joue des tours, ou bien y a-t-il quelque chose qui bouge là-dedans ?

En t'approchant, tu te rends à l'évidence. Le plat est rempli de sangsues encore vivantes !

Tu as déjà goûté à beaucoup de nourriture étrange, mais aucun plat ne t'a jamais donné l'impression qu'il préférait te manger, toi !

Te sentant mal à l'aise, Raikhssa et les autres Trandoshan se mettent à rire.

— Que se passse-t-il, Jedi ? Tu n'as pas faim ?

Est-ce que c'est une mauvaise plaisanterie ? te demandes-tu.

Ou pire. Essaient-ils de t'empoisonner ?

Choisis ton destin…

Si tu décides de manger les sangsues, va au 73.

Si tu préfères refuser, rends-toi en 47.

Tu repenses à ton entraînement de Jedi et à ce que Mace Windu t'a dit une fois : « Un Jedi sage sait s'il peut remporter seul une bataille, ou s'il a besoin d'une armée entière. »

Et là, tu n'es clairement pas de taille. Si seulement tu trouvais un moyen de contacter le Conseil sur Coruscant...

Mais bien sûr ! Tu peux pirater le système de communication du laboratoire pour envoyer un signal basse fréquence à ton vaisseau. R3-G0 se chargera ensuite de le transmettre à la République. Tu arraches la protection du premier panneau de communication que tu trouves, et arranges manuellement les câbles. Pourvu que ton « ami » le gardien ne se réveille pas tout de suite de la manipulation mentale. Il pourrait appeler à l'aide !

Trente secondes plus tard, tu entends les bips familiers de ton astromech.

— R3, je veux que tu envoies ce signal sur toutes les fréquences de la République.

Le droïde bippe son accord.

— Alliés de la République, dis-tu dans l'émetteur. Je fais partie de l'Ordre des Jedi et je suis retenu prisonnier par les forces

Séparatistes sur Akoshissss, la lune de la planète Trandosha. Si vous recevez ce message, envoyez-moi…

Soudain, une lame violette s'écrase sur la console et interrompt ta communication. Tu es découvert ! Un garde Magna t'attrape par l'épaule et tu te retrouves face à Bitt Panith.

— Vous aimez compliquer les choses, vous, les Jedi, lance le savant fou.

— Que devons-nous faire de ces prisonniers ? demande l'un des gardes Magna au Docteur Panith.

— Notre position est compromise, dit-il en se grattant le menton. Il faut partir, c'est évident. Pour ce qui est des prisonniers… laissez-les. Cet acte de clémence nous évitera peut-être la colère des Jedi.

Les droïdes te reconduisent dans ta cellule où te rejoint bientôt Jaylen, qui ne semble pas blessé.

Le temps que le Conseil Jedi dépêche une mission de sauvetage, Bitt Panith et tous ceux impliqués dans ses recherches sont déjà loin, et les bases de données des ordinateurs sont effacées. Tu ne sauras jamais ce qu'était Krossen, le projet top-secret de Panith.

Bien sûr, tu as survécu. Mais tu t'inquiètes des dégâts que le Docteur Panith pourra causer aux Jedi à l'avenir. Peut-être seras-tu à nouveau là pour l'affronter. Seul le temps le dira.

7

Tu arrives dans le système de Kashyyyk, patrie des Wookies et des Trandoshans, de sauvages reptiles. Jamais tu ne t'es autant éloigné du centre de la Galaxie.

Et tu es seul. Enfin, tu devrais… Il y a quelque chose qui cloche. Tu sens une présence autour de toi. Très proche. On dirait même qu'il y a quelqu'un dans ton vaisseau. Lentement, tu tournes la tête vers le fond du cockpit, en espérant te tromper…

— AAAH ! cries-tu, en voyant des yeux qui te fixent dans le noir.

— Calme-toi, idiot, lance une voix familière. C'est moi !

— Jaylen !

Pas étonnant que tu ne l'aies pas trouvé dans le dortoir ! Il était en train de se cacher dans ton vaisseau.

— Tu ne croyais pas que j'allais te laisser partir à l'aventure sans moi, non ? dit-il avec un sourire malicieux. Il faut bien que je fasse mes preuves auprès du Conseil !

— C'est grave, Jaylen, rétorques-tu. Tu pourrais nous attirer des ennuis. Tu pourrais nous faire tuer ! Qu'est-ce que je vais faire de toi... ?

Mais avant de pouvoir continuer, tu es interrompu par une transmission sur un canal privé.

— Padawan ? interroge une voix. C'est toi ?

Rends-toi au 20.

— Crovan vient ici pour chasser. On y est presque, dit Goomi avec enthousiasme. Là ! Son campement est juste ici.

Crovan Dane n'est pas seul. Un mercenaire Wookie avec un bandeau sur un œil l'accompagne.

— C'est Tahnchukka, le bras droit de Crovan Dane, continue Goomi. Il est très dangereux et fort comme un Gundark.

Tu avances, mais Goomi vous fait signe de rester cachés.

— Restez ici jusqu'à ce que je vous appelle, ordonne-t-il. Crovan ne sait pas ce qui l'attend !

Goomi progresse dans la clairière son fusil à la main, et le sourire aux lèvres.

— Eh bien, on dirait Crovan Dane ! lance-t-il. Tu croyais pouvoir quitter cette planète sans payer ta dette ?

Crovan lève les mains en l'air et répond calmement :

— Personne ne cherche à s'enfuir, Goomi. Tu diras à ton chef que nous aurons son argent dès que nous aurons livré ce chargement à Bitt Panith, sur Akoshissss.

— Vous avez fait attendre Maître Ziro trop longtemps, continue Goomi. Et les Hutts n'aiment pas attendre.

Ziro le Hutt ? C'est l'un des pires gangsters de Coruscant ! C'est donc pour lui que travaille Goomi !

— Tu as l'air très sûr de toi, Goomi. Mais tu es seul et nous sommes deux, rétorque Crovan en désignant Tahnchukka de la tête.

Goomi éclate de rire.

— Tu ne crois quand même pas que je suis assez stupide pour venir seul ? J'ai des Jedi avec moi !

Voilà le signal. Si tu veux aider Goomi, c'est le moment. Mais d'un autre côté, Goomi est lui aussi un criminel. Il vaut peut-être mieux rester hors de ce conflit…

Choisis ton destin…

Si tu choisis de venir en aide à Goomi, va au 77.
Au contraire, si tu juges qu'il est préférable de rester caché, rends-toi au 79.

9

Lorsque tu reprends connaissance, tu es allongé par terre, au milieu d'une sorte d'arène. L'endroit est vide et on ne voit qu'une large porte métallique. Tu devines facilement ce qui va en sortir. Plus haut, tu aperçois le Docteur Panith et ses assistants qui t'observent en prenant des notes. Jaylen est à côté de toi, toujours inconscient.

— Jaylen, réveille-toi ! cries-tu.

— Mmh…, où est-ce qu'on est ? marmonne ton ami.

— Pris au piège, voilà où on est, lâches-tu.

Et tu as raison. La lourde porte s'ouvre en grinçant et tu entends les bruits de pas métalliques de Krossen. Si seulement tu avais ton sabre laser…

Non, le sabre laser ne pourrait rien contre cette monstrueuse créature, qui résiste même à la Force. La chose se rapproche tandis que tu ressens une sensation de picotement. Tu commences à perdre l'usage des sens que tu avais affûtés grâce à ton entraînement de Jedi. Tu voudrais tellement être au Temple, où une erreur ne te valait qu'une réprimande, et pas une mort certaine, comme ici. Les bras d'acier de la bête semblent aussi puissants que ceux d'un Gundark. Ta seule consolation est que ta mort sera rapide.

— Alors, Jaylen. Toujours heureux d'être monté à bord de mon vaisseau ?

10

— Concentrez les tirs des AT-TE sur les droïdes motorisés, ordonnes-tu à tes clones. C'est notre priorité.

Les puissantes machines de guerre de la République tentent de verrouiller leurs cibles mais les droïdes motorisés sont trop rapides.

Un nouvel AT-TE explose. Les clones et le dernier AT-TE parviennent à détruire un des droïdes motorisés. Tous les espoirs résident dans ce dernier appareil, mais soudain... Une énorme explosion réduit en miettes l'AT-TE.

— Bon choix pour les droïdes motorisés, Commandant, se moque le Sergent Troy dans ton émetteur. C'est ça qu'on vous apprend à l'Académie Jedi ?

Si les boucliers ne sont pas désactivés, Maître Eerin ne pourra pas faire entrer ses troupes dans la base Séparatiste. Maintenant que tous les AT-TE sont détruits, tout repose sur toi. Tu dois désactiver ces boucliers toi-même !

Va au 64.

— Votre cargaison va servir à un complot contre les Jedi, expliques-tu à Crovan et Tahnchukka. Je ne peux pas prendre le risque qu'elle tombe entre les mains des Séparatistes.

Crovan Dane ricane.

— Dans ce cas, tu ferais mieux de me tuer tout de suite, Jedi. Si je ne paie pas Ziro, je suis un homme mort.

— L'Ordre des Jedi peut sans doute vous aider, suggères-tu. Relâchez les bêtes que vous deviez livrer au Docteur Panith, et mon ami et moi plaiderons en votre faveur au Conseil Jedi.

Crovan chuchote un moment avec le Wookie, puis te fait face.

— Ce n'est pas comme si on avait le choix, pas vrai ?

Les deux trafiquants ouvrent les cages les unes après les autres. Tu frémis en pensant à ce que ce fou de Bitt Panith aurait pu faire avec ces créatures.

Une fois ce problème de cargaison réglé, tu retournes sur Coruscant, le vaisseau de Crovan Dane amarré au tien.

Rends-toi au 85.

12

La jeune Wookie s'incline devant toi.

— Je m'appelle Sunchoo. Tu m'as sauvé d'une vie en esclavage, au service de cet homme malhonnête. Je te serai toujours redevable.

— Ce n'est rien, lui assures-tu. Je n'ai fait que mon devoir de Jedi.

Sunchoo secoue la tête.

— Vous ne comprenez pas, honorable Jedi. J'ai une dette de vie envers vous, c'est très sérieux. Je ne pourrai pas vous quitter tant que je n'aurai pas payé ma dette. Je suis peut-être jeune, mais je suis aussi courageuse que les plus grands chasseurs, et je connais chaque arbre de cette forêt.

Tu observes ta nouvelle amie de plus près. Ses cheveux soyeux sont parsemés de tresses piquées de fleurs sauvages, elle ressemble un peu à une enfant.

— Quel âge as-tu ? Nous pourrions avoir besoin de toi, mais cette mission est dangereuse. Ce n'est pas pour les enfants.

Sunchoo détourne le regard et tu vois qu'elle rougit derrière les poils qui recouvrent son visage.

— Je n'ai que quarante-trois ans, mais les anciens disent que je suis très mûre pour mon âge.

Quarante-trois ans ? Elle pourrait être ta mère !

Pourtant, même si tu n'es toujours pas convaincu par cette histoire de « dette de vie », c'est un avantage d'avoir à tes côtés quelqu'un comme Sunchoo, qui connaît Kashyyyk comme sa poche. Tu te présentes ainsi que Jaylen, et tu lui parles de la mission de recherche de Crovan Dane, qui est au point mort.

Sunchoo sursaute en entendant ce nom.

— Crovan Dane ? Il prétend être chasseur de primes, mais ce n'est qu'un vulgaire marchand d'esclaves. Ce traître n'a pas de cœur. C'est lui qui m'a enlevée de mon village ! Je vais vous mener à lui. Venez, vite !

Finalement, on dirait bien que la chance te sourit.

Va au 55.

13

— On vérifie le signal, décides-tu. Pas de discussion.

Tu laisses le laboratoire de recherche derrière toi pour suivre le signal de détresse jusqu'à sa source, à l'extrémité d'Akoshissss. Il semble provenir d'un navire cargo abandonné. Ce qui est encore plus étrange, ce sont les cinq autres vaisseaux qui gravitent autour du cargo. Au milieu des débris se trouve un vaisseau Delta-7B rouge et blanc très familier.

— Un chasseur Jedi ! s'écrie Jaylen alors que R3-G0 scanne les vaisseaux.

— C'est bien le vaisseau de Maître Eerin, mais il n'y a pas de pilote. Je ressens de faibles signes de vie provenant du cargo mais je n'arrive pas à dire si c'est elle. Il faut nous amarrer au navire pour en avoir le cœur net.

— Ça sent le piège, dit Jaylen. Si on ne fait pas attention, on va se faire avoir, comme Maître Eerin.

— Eh bien nous n'avons qu'à faire attention, alors, répliques-tu.

Rends-toi au 103.

14

— Nous ne nous rendrons jamais ! hurles-tu en brandissant ton sabre laser.

Jaylen et toi redoublez d'efforts, tandis que les lames vertes de vos sabres découpent toujours plus de droïdes. Jaylen renvoie un tir de laser vers un droïde, qui grille sur place. Pendant un moment d'euphorie, tu as l'impression que tu peux venir à bout des droïdes !

Mais c'est inévitable. Jaylen et toi ne pouvez pas vous battre indéfiniment. L'armée droïde, elle, ne connaît pas la fatigue. Les droïdes caméléons sont toujours plus nombreux. Pour chaque droïde que tu détruis, deux nouveaux arrivent ! Tu commences à transpirer, tes jambes tremblent. Tu ne vas pas pouvoir résister plus longtemps.

— Jaylen ! cries-tu à ton ami, peut-être pour appeler à l'aide, ou seulement pour lui dire au revoir.

Mais il ne répond pas.

Après des centaines de coups parfaits, tu commets ta première erreur… mais elle est fatale. Un tir de laser frappe ta main et te force à lâcher ton sabre. À présent, tu es sans défense. Si ce ne sont pas les lasers des droïdes qui t'achèvent, ce seront leurs pinces acérées.

— Bien joué, le bleu, lance le Sergent Troy. Mais on dirait que c'est trop tard.

Tu observes le champ de bataille et comprends qu'il a raison. Pendant que tu prenais du retard pour désactiver le bouclier, l'armée droïde a gagné du terrain. Les vaisseaux de la République qui devaient renverser le cours du combat gisent au sol. Les clones restants sont encerclés et tentent un ultime assaut contre l'ennemi. Dans la foule, tu aperçois Bant Eerin et Jaylen avec leurs sabres laser, et tu te demandes si Maître Eerin a réussi sa mission.

— Tant qu'il restera un soldat de la République debout, nous n'abandonnerons pas, lances-tu. Rejoignons les autres.

Le Sergent Troy acquiesce.

Les clones sont heureux de te voir combattre à leurs côtés avec le Sergent Troy, mais votre arrivée n'est pas décisive. Tu es en train de perdre cette bataille. De plus en plus de clones s'effondrent.

Rendez-vous au 74.

16

Tu es encore complètement euphorique après ta victoire contre le chasseur de primes, tu as l'impression qu'avec Jaylen à tes côtés tu pourrais triompher de la Galaxie tout entière.

— Allons-y ! lances-tu.

Jaylen se dirige vers la surface d'Akoshissss. Il atterrit aussi près qu'il peut du laboratoire secret, en veillant à ne pas activer l'alarme. L'atmosphère de cette lune est juste assez chaude pour que tu n'aies pas à revêtir une combinaison spatiale, mais tu dois malgré tout porter un masque respiratoire. Par chance, il y en a deux dans ton vaisseau.

Une fois sorti du vaisseau, tu enfiles tes jumelles électroniques et scannes les alentours, à la recherche des dispositifs de sécurité de Bitt Panith. On dirait que la voie est libre jusqu'au laboratoire de recherche.

— C'est dégagé, dis-tu. Je trouve ça louche.

Tu remarques que Jaylen regarde fixement un point à l'ouest de l'endroit où vous avez atterrit.

— J'ai vu quelque chose là-bas, dit-il. Ça

ressemble à une grotte. C'est peut-être une entrée secrète !

Choisis ton destin...

Si tu veux explorer la grotte, va au 26.

Si tu préfères tenter une approche directe, rends-toi au 69.

17

Tu retournes au spatioport où t'attendent Chewbacca et R3-G0. Mais à ton arrivée, tu aperçois quelqu'un que tu ne t'attendais pas à voir. Maître Bant Eerin est là, en chair et en os, accompagnée d'une dizaine de clones prêts à se battre. Un vaisseau de guerre de la République est posé à côté d'eux.

— Maître Eerin ?

— La capture de Bitt Panith a pris moins de temps que prévu, explique-t-elle. J'ai donc décidé de te rejoindre sur Kashyyyk avec les clones pour t'aider. Mais lorsque je suis arrivée, j'ai été un peu étonnée de ne pas te trouver.

— Maître Eerin, euh, en fait..., bredouilles-tu.

— Chewbacca m'a raconté ce qu'il s'est passé après que tu m'as contacté. Je vois que tu as convaincu le jeune Jaylen de changer d'avis ?

Jaylen fait un pas en avant.

— C'est exact, Maître Eerin. J'ai failli faire une grave erreur. Votre Padawan… mon ami, m'a fait entendre raison.

Bant Eerin hoche la tête.

— Tu n'es pas le premier à remettre en cause une décision du Conseil des Jedi, Jaylen Kos. Si tu veux bien laisser une chance au Conseil, je pense que tu seras surpris par la facilité avec laquelle ils comprennent les choses, continue Eerin avant de se tourner vers vos deux prisonniers. Je vois que vous avez rencontré d'autres personnes en chemin.

— Oui, Maître Eerin, reprends-tu. Nous avons trouvé Crovan Dane. Il chassait des animaux sauvages pour les vendre à Bitt Panith.

— J'ai l'impression que nous avions tous les deux la Force de notre côté pendant cette mission, Padawan.

Chewbacca émet un grognement curieux.

— C'est vrai, répond Maître Eerin. Nous devons encore nous occuper de ce traître dont parlait le Roi Grakchawwaa. Qu'en dis-tu, Padawan ? Mènerons-nous cette mission ensemble ?

Tu as du mal à contenir ton excitation. Maître et apprenti, se battant côte à côte pour défendre la Galaxie... C'est maintenant que commence vraiment ton entraînement de Jedi !

18

— R3, si c'est encore un dysfonctionnement, marmonnes-tu, je te jure que je te démonterai moi-même une fois cette mission terminée.

Tu fais signe à Jaylen et à Lex de te suivre, avant de grimper le long de la rampe d'accès du vaisseau de Bitt Panith.

Tu as à peine passé la porte d'entrée que tu entends un sifflement à l'extérieur du hangar. Un nuage de fumée écarlate remplit la pièce. C'est un gaz mortel ! R3-G0 se précipite sur la console de contrôle du vaisseau et ferme la porte avant que le gaz ne puisse pénétrer à l'intérieur. Le petit astromech vient de te sauver la vie. Et dire que tu croyais à un dysfonctionnement…

— R3, la prochaine fois, dis-nous tout de suite que c'est un piège !

À travers la vitre du cockpit, tu aperçois à travers le cockpit les gardes Magna, furieux de ne pas avoir réussi à te piéger. Ils ont sorti leurs bâtons électromagnétiques. Tu ferais mieux de réagir vite…

Tu actives immédiatement les réacteurs du vaisseau et appuies sur les gaz.

— Accrochez-vous ! cries-tu.

Le vaisseau part vers l'avant et envoie les gardes Magna contre le mur du hangar.

— Les droïdes assassins ne sont plus ce qu'ils étaient, commente Jaylen.

Tu attends que le gaz mortel soit dissipé avant de sortir du vaisseau.

— Sergent, lances-tu. Préparez les explosifs et partons rapidement d'ici.

Va au 51.

— Très bien, Jaylen, réponds-tu. Je ne suis pas d'accord avec toi, mais je suis ton ami, et je vais te laisser choisir ton destin.

Tu éteins ton sabre laser et commences à t'éloigner de la clairière. C'est peut-être la dernière fois que tu vois ton ami.

— Pas si vite, Padawan, lance Crovan. Il me reste des choses à faire sur Kashyyyk et je ne veux pas que tu en parles à qui que ce soit.

Tu lances un regard vers Jaylen afin de voir ce qu'il va répondre au mercenaire.

— T-tout va bien, Crovan. Tu peux faire confiance à mon ami.

Crovan secoue la tête.

— Si tu viens avec moi, petit, tu vas devoir apprendre plusieurs choses. Première règle du mercenaire : ne jamais faire confiance à un Jedi.

Crovan pointe son arme sur ta poitrine et appuie sur la détente. Cette fois, aucune chance de t'enfuir.

Est-ce que Jaylen te vengera ? Ou bien suivra-t-il ce tueur pour vivre une vie de hors-la-loi ? Tu ne le sauras jamais. Si ça t'importait vraiment, tu aurais dû réagir plus tôt.

Fin

— Maître Eerin ! réponds-tu. Yoda m'envoie pour vous aider dans votre mission. Où puis-je vous retrouver ?

— J'ai bien peur de devoir reporter les présentations, dit-elle. Je suis à la poursuite de Bitt Panith, un scientifique de la planète Muunnilinst. Il a participé à la transformation du corps du Général Grievous. Je l'ai traqué jusqu'à sa base, sur Akoshissss, une lune de Trandosha, et je vais lancer l'assaut dès que les clones seront arrivés. Pendant ce temps, tu dois aller sur Kashyyyk et trouver un chasseur de primes du nom de Crovan Dane. C'est un complice du Docteur Panith. KSSS… très dangereux… SHSHH …il ne doit pas…

— Maître Eerin ? Je ne vous entends plus. Que se passe-t-il ?

— SHSSZZ… vaisseau arrive… KRCHHH… devrait pouvoir…

La transmission se coupe.

Tu prends une profonde inspiration pour tenter de te calmer. C'est ta première mission et les choses ne se présentent pas très bien ! Non seulement tu n'as pas encore rencontré ton Maître Jedi, mais en plus tu as un passager clandestin : ton meilleur ami !

— Très bien, Jaylen. On dirait que tu vas participer à cette mission, après tout. Mais qu'est-ce qu'on fait ? On va sur Kashyyyk pour trouver ce Crovan Dane, ou bien on part pour Akoshissss à la recherche de Maître Eerin ?

— C'est toi, le Padawan, rétorque Jaylen. À toi de décider.

— Très bien ! dis-tu avec un petit rire. Souviens-t'en si jamais j'ai besoin de donner des ordres…

Choisis ton destin…

Si tu veux te rendre sur Akoshissss, va au 22.

Si tu préfères aller sur Kashyyyk, rends-toi au 39.

Ton retour sur Coruscant est un triomphe !

Quelques semaines plus tard, et après un repos bien mérité au Temple Jedi, Maître Bant Eerin te convoque.

— Une nouvelle mission nous attend dans le système Ryloth, Padawan. Apparemment, le Général Grievous sème la pagaille dans la Bordure Extérieure.

Tu parviens difficilement à contenir ton enthousiasme. Le système Ryloth est un endroit très dangereux, mais aussi très beau. En tout cas, c'est ce que t'ont dit tes amis Twi'leks.

— Nous ne serons que deux, Maître Eerin ? demandes-tu.

— Il se trouve que Maître Yoda envoie un autre Chevalier Jedi et son Padawan avec nous. Je pense que ça va te faire plaisir.

Mais de qui parle-t-elle ? Tu entends soudain une voix familière.

— Devine qui est devenu Padawan ?

— Jaylen ! t'exclames-tu. Ne me dis pas que…

— Je viens avec vous dans le système Ryloth, t'interrompt Jaylen. Il faut bien quelqu'un pour couvrir tes arrières.

C'est fantastique ! Une nouvelle aventure va commencer. La première d'une longue série, et ton meilleur ami est encore à tes côtés. Mais cette fois, tu as la bénédiction du Conseil des Jedi. Tu t'es entraîné avec Jaylen lorsque vous étiez des initiés et à présent, vous voilà Padawans. Qui sait ? Peut-être qu'un jour, vous serez deux grands Chevaliers Jedi.

Le meilleur reste à venir !

— Nous partons pour Akoshissss, décides-tu. Maître Eerin a des ennuis et la priorité est de lui venir en aide. R3, essaye de trouver la dernière localisation de Maître Eerin.

R3-G0 émet un bip et, quelques instants plus tard, entre les données dans la console du vaisseau. Les moteurs surpuissants tournent à plein régime, en route pour Akoshissss. Mais lorsque tu arrives à l'endroit exact des coordonnées, il n'y a aucune trace de Maître Eerin ni d'un combat récent. Seul le vide intersidéral sépare ton vaisseau de la surface de la lune où est caché le laboratoire de Bitt Panith.

— Elle a dû s'échapper, suggères-tu. Elle est sans doute déjà là-bas, en train d'infiltrer la base.

— Je n'en sais rien, répond Jaylen. Si c'est le cas, pourquoi est-ce qu'elle n'a pas repris contact avec toi ?

Jaylen n'a pas tort. Soudain, R3-G0 émet un bip de panique qui vous interrompt dans votre conversation.

— R3 vient de repérer un signal de détresse de l'autre côté de la lune.

— Est-ce que c'est le vaisseau de Maître Eerin ? demande Jaylen.

— Non. C'est une fréquence civile.

— C'est peut-être un piège, continue ton ami. Nous sommes en territoire Trandoshan et ils ne sont pas réputés pour leur amitié envers l'Ordre Jedi.

— Mais c'est peut-être aussi quelqu'un qui est tombé sur ceux qui ont attaqué Maître Eerin. Ça vaut le coup de vérifier.

— Ce n'est pas notre problème, insiste Jaylen. Si j'étais toi, j'ignorerais ce signal et j'irais au laboratoire de recherche.

Choisis ton destin...

Si tu décides d'enquêter sur le signal, va au 13.

Si tu préfères prendre la direction de la lune d'Akoshissss, va au 94.

Le centre de commandement fourmille d'activité. Des clones mécaniciens remettent sur pied des AT-TE, pendant que des clones commandos s'équipent avec des armes à la pointe de la technologie. Depuis une plateforme surélevée, une femme Mon Calamari qui porte la tenue des Chevaliers Jedi surveille les opérations.

— Maître Eerin !

Elle te dévisage d'un air sévère.

— Ne t'avais-je pas ordonné de te rendre sur Kashyyyk, Padawan ?

Tu viens à peine de rencontrer ton Maître et tu as déjà réussi à la décevoir…

— Si, Maître, réponds-tu sur un ton aussi confiant que possible. Mais je croyais que vous étiez en danger. Nous ne pouvions pas…

Le regard dur laisse place à un sourire.

— Ne t'excuse pas. Tu as suivi ton cœur et tu as fait le bon choix, Padawan. Bienvenue, dit Bant Eerin avant de se tourner vers Jaylen. Qui est-ce ? Il a l'air trop jeune pour voyager sans Maître.

Jaylen explique alors comment il s'est embarqué clandestinement, enfreignant au passage une dizaine de règles. Quand il a terminé, il fixe ses pieds, comme s'il attendait sa punition.

— Tu devras t'expliquer devant le Conseil des Jedi lorsque nous serons de retour. Mais pour l'instant, j'ai besoin de toutes les forces disponibles pour la bataille qui s'annonce. Pendant cette mission, tu resteras avec moi au centre de commandement.

Jaylen reste avec ton nouveau Maître ? Mais alors qu'est-ce que tu vas faire, toi, son Padawan ?

Bant Eerin semble lire dans tes pensées.

— Quant à toi, Padawan, il est temps que tu apprennes à commander.

Va au 35.

— R3 n'a qu'à se débrouiller tout seul. Je ne vais pas laisser ce droïde incontrôlable nous faire capturer, lances-tu. Sergent Lex, préparez les explosifs. Jaylen et moi, on guette les gardes Magna.

Pendant que le clone se met au travail, tu te concentres de tous tes sens. Si tu ne peux pas voir les gardes Magna, tu peux sans doute les sentir en utilisant la Force. Tu entends un sifflement. Tu scrutes la pièce et tes yeux se posent soudain sur un coin. Quelque chose ne va pas. Un gaz écarlate sort des conduits d'aération !

— Jaylen, Lex ! Il faut sortir d'ici ! lances-tu en reprenant le chemin par lequel tu es arrivé.

En face tu aperçois les portes métalliques en train de se refermer. Plus que quelques secondes avant d'être pris au piège. Jaylen et toi bondissez entre les portes au dernier moment pour vous mettre en sécurité, mais avec sa lourde armure, le Sergent Lex n'y parvient pas. La voix du clone grésille dans l'émetteur.

— La mission n'est pas terminée. Je peux encore placer les explosifs.

À travers la vitre, tu aperçois le Sergent Lex qui s'apprête à poser les charges, mais le gaz mortel est déjà en train de l'atteindre.

— Ça va être une sacrée explosion, continue le clone, je vous conseille de déguerpir.

— Lex ? appelles-tu. Mais il est déjà trop tard. Le clone s'est évanoui sous l'effet du gaz. C'est ma faute. J'aurais dû écouter R3...

Jaylen te rappelle à la réalité en te tirant par la manche.

— On n'a pas le temps de penser à ça. Tu as entendu le Sergent Lex, il faut bouger !

Rends-toi au 109.

— D'accord, Sunchoo. On va rester cachés pour l'instant, expliques-tu. Mais on ne va pas t'abandonner. Si quelque chose ne va pas, appelle-nous et on sera là en quelques secondes.

Sunchoo hoche la tête et avance vers Tahnchukka et son chef.

— Tiens, tiens. Regardez qui voilà ! Je t'ai déjà vendue à un Neimoidien, n'est-ce pas ? demande Crovan. Peu importe, je trouverai bien un nouveau client pour t'acheter. Allez, Tank, mets-la avec les autres.

Le Wookie aux poils gris pointe son arbalète laser dans le dos de Sunchoo et l'emmène dans le vaisseau de Crovan. Avant de rentrer dans la soute, Sunchoo tourne la tête vers ta cachette et te lance un clin d'œil.

— Suis-moi, Jaylen, dis-tu en te faufilant près du vaisseau de Crovan Dane et des rangées de cages. J'ai un plan.

Va au 61.

— D'accord, allons voir ce qu'il y a dans cette grotte, réponds-tu. R3, reste ici et surveille le vaisseau.

R3-G0 émet un bip tandis que Jaylen et toi traversez la zone rocheuse qui vous sépare de l'entrée.

La grotte est parfaitement ronde et mesure une dizaine de mètres de large. Il n'y a aucune trace d'un quelconque système de sécurité…

— Qu'est-ce que tu attends ? demande Jaylen. On y va !

Vous descendez toujours plus bas dans la grotte et le seul bruit qui vous accompagne est celui de vos pas.

— J'ai un mauvais pressentiment..., lâches-tu.

— Tu ne sens pas ? L'air devient plus chaud ! remarque Jaylen. Je pense qu'on arrive au bout.

Le sol se met soudain à trembler sous vos pieds.

— Qu'est-ce qui se passe ? demande Jaylen. Un tremblement de terre ?

Tu actives ta lampe et observes les parois de la grotte… elles sont gluantes !

— Ce n'est pas une grotte, dis-tu. Cours !

Vous faites demi-tour et foncez le plus vite possible. Plus haut, tu aperçois ce que tu avais pris pour l'entrée d'une grotte, avec ces pierres blanches aiguisées... Mais à présent, elles bougent, et ferment le passage ! Tu comprends que ce ne sont pas des pierres... mais des dents ! Vous venez de vous jeter dans la gueule d'un Exorgoth de l'espace !

Il ne vous reste que quelques mètres avant la sortie. Vous pouvez encore réussir à l'atteindre avant que le monstre ne vous emprisonne en refermant sa mâchoire ! Jaylen te dépasse en courant et bondit dans l'ouverture juste avant que les énormes mâchoires ne se ferment.

— Jaylen ! hurles-tu. Jaylen, fais-lui ouvrir la bouche !

Mais ça ne sert plus à rien de crier. Derrière toi, tu entends dans les profondeurs sombres le gargouillis de l'estomac du monstre. Bientôt, tu baigneras dans ses sucs digestifs. C'est la...

Fin

— Yoda ! appelles-tu à nouveau, mais tu as de plus en plus de mal à te libérer de cette étrange sensation.

Que se passe-t-il ? Tu fais tout ce que tu peux pour invoquer le pouvoir de la Force, mais ton esprit n'y parvient pas.

— Qu'est-ce que tu fais ? s'écrie Jaylen. Il faut y aller, maintenant !

Le cyborg s'approche de plus en plus de toi. Soudain, tu comprends que c'est lui qui aspire toute la Force !

— C'est le cyborg…, réponds-tu faiblement en t'écroulant par terre.

Ton seul espoir réside désormais en Maître Eerin. Tu espères qu'elle réussira à sortir du laboratoire du Docteur Panith pour venir vous aider, Jaylen et toi. Mais c'est peu probable. Le cyborg est déjà trop près.

Fin

Tu ne peux pas en croire tes yeux. Jaylen est mort… et de ta propre main. Les clones attendent tes ordres, mais tu ne sais pas quoi leur dire.

— Allez-vous-en ! hurles-tu. Dites au Général Eerin que la mission est terminée !

Asajj Ventress s'approche de toi.

— Dès que je l'ai vu, j'ai su que Jaylen Kos était faible. Il n'écoutait pas son cœur aussi bien que toi.

— C'est faux, répliques-tu en reculant. C'est impossible, je suis un Jedi !

Asajj secoue la tête et sourit.

— Non, mon pauvre enfant. Tu ne seras jamais un Jedi après ce que tu viens de faire.

Elle a raison. Maître Eerin va sans doute te rejeter, et Yoda te renverra de l'Ordre Jedi. Tu pourrais même finir tes jours en prison !

Ventress te regarde et tu perçois une réelle compassion dans ses yeux. En tout cas, c'est ce que tu as envie d'y voir.

— Mais ce que tu as fait n'est pas mal. Tu es fort, et Jaylen était faible. Viens avec moi et je t'aiderai à devenir encore plus fort. Laisse-moi te montrer le pouvoir du Côté Obscur.

Asajj Ventress tend sa main pâle vers toi. Tu fermes les yeux et la prends.

— Jaylen ! t'écries-tu, incrédule. Qu'est-ce que tu fais ici… avec elle ?

Asajj Ventress pose la main sur l'épaule de ton ami.

— Vas-y, Jaylen, glisse-t-elle. Dis à ce pion des Jedi pourquoi tu es ici.

Jaylen baisse les yeux, de peur d'affronter ton regard.

— J'ai toujours pensé que nos Maîtres, au Temple Jedi, faisaient tout pour freiner ma progression, et Asajj Ventress me l'a confirmé. Elle m'a montré le véritable pouvoir de la Force.

Tu te sens trahi par ton meilleur ami qui s'apprête à rejoindre ceux que tu as toujours combattus. Comment peut-il faire ça ? Comment peut-il abandonner la voie des Jedi ?

— Tu ne sais pas ce que tu fais, Jaylen ! t'exclames-tu. Est-ce que tu as oublié qui sont tes vrais amis ? Aide-moi à combattre ces traîtres !

— Le seul traître, ici, c'est toi, rétorque Jaylen. Tu m'as trahi en m'abandonnant pour cette mission.

— C'est faux. Ton esprit est obscurci par la colère.

Mais Jaylen secoue la tête.

— Non, mon vieil ami. Je n'ai jamais été aussi sûr de moi. Ventress a raison, tu n'es qu'un idiot. Réglons ça maintenant. Toi et moi, au sabre laser. Qu'est-ce que tu en dis ?

Choisis ton destin...

Si tu acceptes de relever le défi de Jaylen, rends-toi au 63.

Si tu préfères refuser de te battre, va au 42.

— Bona nai kachu, Goomi. Dunchoka mawa bunko Jedi otanga ! répond Ziro en langage Hutt.

— Mais, Maître Ziro ! Si j'avais su que les Jedi vous surveillaient, je n'aurais jamais…

— Kava doompa stoopa, Goomi. Tacoocha poodoo!

Ziro mime un coup de couteau avec son bras visqueux.

Les gardes Magna attrapent Goomi et l'emmènent hors de la pièce.

— Vous ne pouvez pas me faire ça, Maître Ziro ! Vous faites une grave erreur !

Une fois Goomi hors de sa vue, le Hutt demande à un droïde de protocole de traduire pour toi.

— Le grand et puissant Ziro s'excuse pour les problèmes que Goomi vous a causés, commence le droïde. Vous allez être libérés. En revanche, Maître Ziro va conserver le chargement de Crovan Dane comme dédommagement.

Les gardes Magna vous détachent, Jaylen et toi, puis vous escortent dehors.

— Vous êtes libres, Jedi. Mais ne revenez

pas ici. La prochaine fois, Maître Ziro ne sera pas aussi clément.

Crovan Dane a été arrêté, mais tu ne crois pas que Maître Bant Eerin aurait procédé de la même façon. Tu te tournes vers Jaylen, encore perturbé par la tournure étrange des évènements.

— C'était… bizarre.

— C'est rien de le dire, répond Jaylen. Rappelle-moi de ne plus jamais travailler avec des truands !

Lorsque tu arrives au spatioport, R3-G0 t'attend patiemment à côté de ton vaisseau.

— Essaie de contacter Maître Eerin sur Akoshissss, demandes-tu à ton astromech.

Quelques instants plus tard, l'hologramme bleuté de ton maître apparaît.

— Maître Eerin ! Vous êtes saine et sauve ! Je croyais que vous étiez attaquée quand la transmission a été coupée.

— Ce n'était rien, Padawan. Juste quelques chasseurs Vautours que j'ai réduits en miettes. Est-ce que la traque de Crovan Dane progresse ?

Tu parles à Maître Eerin de ton nouveau compagnon Wookie et de ton entretien avec Grakchawwaa. Tu l'informes de ta promesse d'aider le roi des Wookies à s'occuper de Quaagan, le traître.

— Tu as dû faire un choix difficile, Padawan. L'avenir nous dira si tu as eu raison. Mais pour l'instant, nous devons respecter la promesse que tu as faite aux Wookies, continue Eerin. Je ne peux pas te rejoindre maintenant, mais je vais envoyer une équipe de clones pour t'assister.

— Merci, Maître Eerin. Je vous jure que je ne vous décevrai pas.

— Très bien, Padawan. Avant que je parte, y a-t-il autre chose que tu souhaites me dire ?

Il y a bien quelque chose, ou plutôt quelqu'un, dont Maître Eerin ne sait rien. Jaylen est juste à côté de toi et secoue la tête d'un air paniqué.

Va au 105.

Jaylen et toi vous faufilez dans le laboratoire, tandis que Lex et R3-G0 guettent les gardes Magna.

Un énorme cyborg maintenu sur une table d'opération trône au centre de la pièce, apparemment inanimé. Le Docteur Panith est agenouillé devant un projecteur holographique.

— Les Jedi sont ici, sur Akoshissss, votre grandeur, dit le scientifique. Je vais transférer mes données et le prototype sur ma navette, mais il faudra du temps avant que le Projet Krossen ne soit prêt pour une production en masse.

L'hologramme projeté devant le scientifique Munn est connu et craint de tous les Jedi. C'est le Comte Dooku !

— Vous me décevez, Docteur Panith, répond le Seigneur Sith. Je devrais peut-être demander à la Guilde des Banquiers de bloquer vos fonds.

— Cela serait tout à fait justifié, mon Seigneur, reprend Panith. Mais je vous jure que les Jedi trembleront devant nous lorsque mes guerriers cyborgs seront au point.

— Assurez-vous qu'il en soit ainsi, Docteur.

L'hologramme de Dooku disparaît. Bitt Panith est encore tremblant après sa discussion avec le chef suprême des Séparatistes.

— Me priver de mes fonds ? Après tout ce que j'ai fait pour la Confédération ?!

Tu surgis de ta cachette avec Jaylen, vos sabres laser activés.

— Il y a plus grave, Panith, lances-tu. Tu es en état d'arrestation.

— Jedi ! s'écrie Panith. Mon chef-d'œuvre n'est pas terminé, mais il devrait être assez puissant pour venir à bout de vous !

Le savant fou recule et tape une séquence sur le clavier de son ordinateur. Soudain le corps du cyborg attaché à la table d'opération prend vie. Il brise les sangles qui le retenaient. Le Projet Krossen est activé !

Rends-toi au 71.

Ça y est, c'est ta première mission ! Bant Eerin, ton nouveau Maître, sera un excellent professeur. Après tout, elle était l'élève de Kit Fisto, un membre du Haut Conseil des Jedi, et l'un des meilleurs généraux de la Guerre des Clones. Tu as entendu dire que Maître Eerin est une amie proche d'Obi-Wan Kenobi. Au fil de tes missions, tu croiseras peut-être Ahsoka, qui sait ?

Tu fonces au hangar où R3-G0, ton fiable petit astromech, prépare le vaisseau pour votre voyage vers le système Kashyyyk. Enfin, « fiable » n'est peut-être pas la meilleure façon de le décrire… Tu as presque passé autant d'heures à t'entraîner au pilotage qu'à réparer R3-G0 ! Jaylen se moquait de toi en disant que, si tu n'arrivais pas à devenir un Jedi, tu pourrais toujours te reconvertir dans la mécanique.

En parlant de Jaylen… tu n'as pas pu lui dire au revoir. Il n'était pas dans le dortoir quand tu as pris ton équipement. Où peut-il bien être ? Quoi qu'il en soit, ça attendra ton retour, car pour l'instant, la mission est plus importante.

— Très bien, R3, lances-tu en t'asseyant dans le cockpit de ton chasseur Delta-7B. En route pour Kashyyyk.

— Bip, bip ! approuve le droïde avant de faire demi-tour pour s'installer dans l'aile du vaisseau.

Les rétrofusées se mettent en marche et font trembler l'appareil.

— Je prends les commandes, R3. J'ai besoin de m'habituer à ce nouveau vaisseau.

Tu pilotes le chasseur hors du hangar et te mets sur orbite. Tu aperçois derrière toi les gigantesques pointes du Temple Jedi qui s'éloignent petit à petit, avant de disparaître complètement dans la masse de gratte-ciel de Coruscant. Une fois hors de l'atmosphère de la planète, tu t'arrimes à un anneau d'hyperespace, prêt à voyager à la vitesse de la lumière.

— Prochain arrêt, le système Kashyyyk !

Rendez-vous au 7.

Krossen lance son énorme bras vers toi. Tu plonges sur le côté et l'évites de justesse, mais Jaylen n'a pas autant de chance. Le monstrueux cyborg tient ton ami à la gorge et le soulève dans les airs. Soudain, le Sergent Lex entre dans la pièce.

— Il résiste à la Force, hein ? Voyons voir s'il peut résister à un bon vieux blaster, lance le clone.

Il vise en pleine poitrine et fait reculer le cyborg, qui relâche Jaylen. Ce n'est pas suffisant pour l'abattre, mais ça vous fait gagner du temps.

Le Docteur Panith profite du combat contre Krossen pour s'éclipser par la porte de derrière.

— Amusez-vous bien avec ce prototype, stupides Jedi. Je vais en construire beaucoup d'autres !

Le Sergent Lex aide Jaylen à se relever tandis que R3-G0 entre dans la pièce. L'équipe est à nouveau au complet.

— À nous trois, nous pouvons tenir tête à ce monstre, lance Lex. Rattrapez ce savant fou avant qu'il ne s'échappe. Finissez la mission, Commandant.

Krossen s'est déjà remis du tir de laser de Lex et avance vers tes amis. Tu peux rester pour les aider ou courir après le Docteur Panith, mais tu ne peux pas faire les deux choses en même temps…

Choisis ton destin…

Si tu décides de rester pour affronter Krossen, va au 67.

Si tu préfères te lancer à la poursuite de Panith, rends-toi au 38.

Ici, sur le champ de bataille, ton Maître est Général et, en tant que Padawan, tu es officier. Tu observes les rangées de clones devant toi. Tu prends soudain conscience que chacun d'entre eux attend tes instructions et compte sur toi.

— Que dois-je faire, Maître ?

— Nos objectifs n'ont pas changé depuis que tu as quitté Coruscant. Nous devons arrêter le Docteur Bitt Panith. C'est simplement l'ampleur de l'opération qui est différente.

Bant Eerin pianote sur sa console et fait apparaître une carte holographique d'Akoshissss.

— Nous livrerons cette bataille sur trois fronts, continue-t-elle. Tout d'abord, une équipe d'assaut au sol devra désactiver le générateur de bouclier, ici. Une deuxième équipe infiltrera le laboratoire de Panith par cette entrée secrète. Cette équipe devra tenter de le capturer, ou de détruire son laboratoire dans le pire des cas. Enfin, un diplomate devra se rendre sur Trandosha. Les Trandoshans ne sont pas alliés avec les Séparatistes. En tout cas, pas ouvertement.

Mais ils n'apprécient pas la République. Ils pourraient percevoir cette bataille comme une prise de contrôle de la région, ce qui risquerait de les rapprocher des Séparatistes. Padawan, tu dois prendre la tête d'une de ces trois équipes.

Choisis ton destin...

Si tu veux diriger l'assaut des clones à terre, rends-toi au 86.
Si tu choisis d'encadrer une plus petite équipe pour infiltrer le laboratoire, va au 45.
Si tu te sens l'âme d'un diplomate apte à négocier en douceur avec les Trandoshans, rendez-vous au 78.

De retour sur Coruscant, Jaylen doit expliquer devant le Conseil des Jedi pourquoi il a désobéi. Tu attends son retour dans le dortoir. Tu as l'impression que cela dure des heures, mais il revient enfin. Tu ne t'attendais pas à le voir dans cet état d'excitation.

— Tu t'en es sorti avec une punition légère ? l'interroges-tu.

— Pas du tout. J'ai des cours supplémentaires le mois prochain, et je devrai travailler dans les jardins.

— Alors pourquoi es-tu aussi content ?

Jaylen sourit.

— Mes petites aventures ont attiré l'attention d'un Maître Jedi. Il veut que je devienne son Padawan ! Maître Yoda dit que si je ne fais pas de bêtises, je pourrai commencer mon apprentissage dans un mois !

— C'est génial ! t'écries-tu.

À présent, ton meilleur ami sera un Padawan, comme Ahsoka et toi. Il reste beaucoup de batailles à livrer dans cette Guerre des Clones, et vous aurez peut-être l'occasion de vous battre tous les trois côte à côte. À moins que vos destins ne prennent des chemins différents pour vous emmener aux quatre coins de la Galaxie. Mais quoi qu'il arrive, vous serez toujours reliés par le pouvoir de la Force, et unis par votre amitié.

— Bitt Panith sera encore là quand on aura sauvé Maître Eerin, marmonnes-tu.

Tu reviens rapidement à l'endroit du signal. Maintenant que le chasseur de primes Trandoshan est hors d'état de nuire, tu ne rencontres plus aucune résistance. Tu entres dans le hangar du navire cargo. L'endroit semble désert, mais ça pourrait être un nouveau piège. Mieux vaut rester sur ses gardes…

— R3, connecte-toi sur l'ordinateur du navire et trouve où est retenue Maître Eerin.

R3-G0 s'éjecte du chasseur et roule jusqu'à la console. Quelques instants plus tard, il émet un bip excité.

— Il l'a trouvée ! traduis-tu.

Sur l'écran, R3-G0 a affiché un plan du navire cargo, qui indique l'emplacement des cellules.

— On y va !

Jaylen et toi foncez dans le couloir et tu aperçois rapidement la porte qui mène aux cellules. Tu appuies sur les boutons du panneau de contrôle et la porte s'ouvre. Mais quelque chose ne va pas. Les cellules sont vides.

— C'est encore un piège ! lâche Jaylen.

« Il a raison », te dis-tu en sentant une présence puissante derrière toi.

Tu te fies à tes réflexes de Jedi : tu attrapes ton sabre laser et fais volte-face pour affronter ton ennemi...

Rends-toi au 62.

Tu hoches la tête, acceptant la suggestion du Sergent Lex.

— D'accord. Mais je compte sur vous pour rester en vie. Jaylen, oublie ce que Panith a dit sur ce monstre. Tu es un Jedi, et la Force est toujours avec toi.

Panith a déjà une longueur d'avance, mais tu es plus jeune et plus rapide que lui. Tu le rattrapes alors qu'il est sur le point de grimper dans sa navette.

— Alors tu as cru bon d'abandonner tes amis pour tenter de m'arrêter ? lance Panith.

— Je ne les ai pas abandonnés. Ils peuvent se débrouiller avec votre monstre, et vous n'êtes pas de taille contre moi.

— Ah ! Mais je ne suis pas seul, siffle le scientifique lorsqu'un garde Magna apparaît, son arme électromagnétique activée. Un Jedi qui n'a pas la Force avec lui ne fait pas le poids face à mon garde du corps !

Mais depuis que tu t'es éloigné de Krossen, tu sens à nouveau le pouvoir de la Force parcourir ton corps. Tu actives ton sabre laser et tranches le garde Magna en deux.

— Vous disiez ?

Soudain, une énorme explosion résonne depuis le laboratoire et des flashs illuminent le couloir. Il est arrivé quelque chose à tes amis !

Va au 41.

— Nous allons sur Kashyyyk, décides-tu. Maître Eerin veut que je retrouve ce Cro-van Dane, et c'est exactement ce que je vais faire.

— Mais on ne connaît que son nom. Comment on va trouver un homme sur une planète de cette taille ? s'interroge Jaylen.

— Facile. On va demander de l'aide aux Wookies. Ce sont les amis des Jedi depuis des centaines d'années.

Ce n'est pas un plan très élaboré, mais c'est le seul que tu aies.

Tu poses ton chasseur au spatioport de la Cité Royale de Kashyyyk qui abrite le roi Grakchawwaa. Comme tous les villages Wookies, cet endroit est construit dans les cimes des arbres wroshyr. Tu es émerveillé de voir ces arbres, aussi grands et larges que les gratte-ciel de Coruscant.

— J'espère que le roi acceptera de nous recevoir dans un délai aussi court, t'inquiètes-tu.

Va au 43.

40

Soudain, les vaisseaux qui te poursuivaient explosent en mille morceaux. Le mystérieux arrivant est un navire de la République !

Ta radio s'allume et tu entends l'appel du clone pilote.

— Ici le Capitaine Herc, lance la voix réconfortante du clone. Tout va bien. Le Dix-Huitième bataillon assure vos arrières.

Herc n'est pas seul. Il est accompagné de trois autres vaisseaux de guerre remplis de clones d'infanterie, et de véhicules d'assaut. On dirait que cette mission d'investigation se transforme en guerre ouverte !

— Le Général Eerin vous attend au poste de commandement avancé, continue Herc. Suivez-moi. Nous allons nous assurer que vous n'aurez plus de problèmes.

Général Eerin ? Ça veut dire que ton nouveau Maître est sain et sauf. Tu vas enfin pouvoir observer un vrai Jedi sur le champ de bataille !

Rends-toi au 23.

Tu attaches fermement Bitt Panith pour qu'il ne s'échappe pas, puis fonces au laboratoire en craignant le pire. L'explosion était énorme mais tu ne vois pas de dégâts apparents, à l'exception de quelques étincelles de lumière.

À l'intérieur du laboratoire, tu es soulagé de retrouver Jaylen et le Sergent Lex en bonne santé. Ils sont penchés sur Krossen qui s'est effondré par terre.

— Vous êtes sains et saufs ! t'exclames-tu. J'ai cru entendre une explosion.

— Oui, c'était l'idée de Lex, répond Jaylen. Il s'est servi d'une bombe électromagnétique pour griller les circuits du cyborg. Certaines parties de lui doivent être encore vivantes, mais sans ses éléments mécaniques, il ne peut rien faire.

— Excellent, Sergent !

C'était donc ça, ces flashs lumineux que tu as vus. La charge électromagnétique a désactivé tous les équipements électriques des environs.

— R3 ? t'inquiètes-tu soudain en te rappelant le droïde.

Le petit astromech ne répond pas, et en l'observant de plus près, tu vois de la fumée s'échapper du sommet de sa carcasse métallique. On dirait qu'il a été durement touché.

Le Sergent Lex pose une main sur ton épaule pour te réconforter.

— C'était un brave petit droïde, Commandant. Je vais vous aider à le transporter jusqu'au vaisseau.

Tu rentres au poste de commandement avancé avec Lex, ton prisonnier et R3-G0. Maître Eerin t'attend sur place et semble très fière de toi.

— La mission est une réussite, Padawan. Rentrons sur Coruscant pour livrer ce criminel à la justice. Et aussi pour s'occuper de nos amis, ajoute Eerin en remarquant ta tristesse à cause du petit droïde.

Va au 84.

— Je ne me battrai pas contre toi, Jaylen, réponds-tu d'un air triste. J'aimerais t'éviter de faire une énorme bêtise, mais tu es trop en colère pour m'écouter.

— Il n'a plus rien à te dire, Jedi, intervient Ventress en se tournant vers Jaylen. Maintenant, il est temps de passer à l'action ! Détruis cet hypocrite pour me prouver que tu es prêt à rejoindre le Côté Obscur de la Force !

Jaylen active son sabre laser et avance vers toi d'un air menaçant, tandis que tu recules doucement.

— Soldats, à l'attaque ! cries-tu.

Aussitôt, les clones qui attendaient sous le rebord de la falaise apparaissent et foncent, l'arme à la main !

— Je suis désolé, Jaylen, je n'ai pas le choix…, murmures-tu pour toi-même en activant ton sabre laser pour te joindre à l'assaut.

Les clones et les gardes de Quaagan échangent des tirs de blaster pendant que tu poursuis Jaylen qui a disparu de la zone.

« J'arriverais peut-être à le faire changer d'avis si je lui parlais seul à seul, loin de l'influence de Ventress... » te dis-tu, bien que tu n'y croies plus.

Tu l'as lu sur son visage déformé par la rage, il est persuadé que c'est toi le traître !

Tu avances dans la bataille en repoussant les tirs de laser des hommes de Quaagan, et soudain tu aperçois Jaylen qui affronte un clone. Tu fonces vers lui au moment où il l'achève.

— Non ! t'écries-tu, horrifié.

Jaylen se tourne vers toi avec un sourire triomphant.

— Oh que si ! hurle Ventress en bondissant juste devant toi. Vous l'avez perdu pour toujours, toi et ta bande de Jedi ridicules !

— C'est de votre faute ! cries-tu. C'est à cause de vous qu'il est comme ça ! Et vous allez me le payer !

Ta colère t'aveugle et, malgré le danger, tu attaques Ventress.

— C'est toi qui vas mourir ! rugit Ventress en bloquant ton attaque.

Elle effectue une série de mouvements qui envoient ton sabre laser au loin. Tu te précipites vers ton arme, mais tu la rates, et, lorsque tu te retournes, Ventress est au-dessus de toi. Elle empoigne son sabre laser à deux mains pour te porter le coup fatal…

Fin

Tu viens à peine de descendre de ton vaisseau qu'un Wookie vient vers toi.

— Suivez-moi, Jedi. Le Roi Grakchawwaa souhaite vous voir, grogne le Wookie en langage Shyriiwook.

Heureusement, tu avais pris Shyriiwook première langue pendant ton entraînement de Jedi.

— Visiblement, on n'aura pas de problèmes pour être reçus ! déclare Jaylen.

L'émissaire Wookie te guide sur des ponts de corde jusqu'à la salle du trône. Le Roi Grakchawwaa n'a pas l'air très content...

— Pour qui se prend ce Quaagan ?! rugit le puissant Wookie. Je suis Grakchawwaa, le Roi légitime !

— Grand et noble Grakchawwaa, commences-tu. Les Jedi ne remettent pas en doute votre autorité. C'est pour cela que nous vous demandons de l'aide. Nous sommes à la recherche d'un homme appelé Crovan Dane. Vous avez peut-être entendu parler de lui ?

— Raaagh ! Je me moque de cet homme. Mon ennemi, c'est Quaagan ! Il n'a pas pu s'opposer à moi pendant le Conseil Tribal, alors maintenant, il complote avec les Séparatistes pour me détrôner.

Des Séparatistes ici, sur Kashyyyk ? Ça pourrait être dangereux.

Le Roi reprend :

— Je ne peux pas l'attaquer directement sans risquer une guerre tribale. Mais vous, Jedi... vous pouvez l'arrêter !

— Avez-vous des preuves qu'il travaille avec les Séparatistes, Majesté ? demandes-tu.

— Des preuves ? Les preuves n'ont aucune importance ! Allez-vous honorer notre amitié et combattre mon ennemi, Jedi ?

Choisis ton destin...

Si tu choisis de t'en tenir à la mission principale et de rechercher Crovan va au 50.

Si tu décides de venir en aide au Roi Grakchawwaa, rends-toi au 89.

— O.K., on se rend, dis-tu en posant ton sabre laser.

Jaylen n'a pas l'air content, mais il suit tes ordres.

Les portes du laboratoire s'ouvrent et deux gardes Magna apparaissent avec leurs bâtons électromagnétiques, prêts à vous découper si vous tentez de vous échapper. Ils vous escortent à travers le laboratoire et vous installent dans deux cellules. Derrière les barreaux, tu aperçois des scientifiques Munn qui travaillent sur leurs recherches, sans vous accorder la moindre attention. Tu ne t'es jamais senti aussi impuissant.

Après ce qui te semble une éternité, votre ravisseur se montre enfin. Le Docteur Panith porte une blouse de laboratoire et un masque chirurgical tachés par ce qui pourrait être du sang, ou une sorte de liquide hydraulique… Impossible à dire.

— Deux initiés Jedi. C'est gentil de vous joindre à nous. Vous arrivez juste à temps pour l'étape finale de mon projet. Mon œuvre d'art, Krossen, est prête à être testée sur un être vivant.

Le Docteur Panith se gratte le menton et désigne Jaylen.

— Tu feras l'affaire, jeune homme.

— Attendez ! cries-tu. Vous aviez promis de ne pas nous faire de mal !

— Non, corrige le scientifique. J'ai dit que je ne vous ferais rien tant que je respirerai.

Le Docteur écarte sa blouse et dévoile un corps mécanique relié à sa tête et ses mains, bien réelles.

C'est un cyborg !

— Techniquement, je ne respire pas ! ricane-t-il.

Bitt Panith et ses gardes Magna emmènent Jaylen derrière une lourde porte blindée.

— Ne t'en fais pas, jeune Padawan, te lance Panith. Nous serons bientôt de retour pour toi !

Rends-toi au 80.

— Maître Eerin, avec votre permission, je voudrais prendre la tête de l'équipe d'infiltration. Mais à une condition.

Bant Eerin t'observe avec curiosité.

— Je t'écoute, Padawan ?

— Je veux emmener Jaylen avec moi. Si vous n'êtes pas là pour me guider, j'ai besoin de quelqu'un de confiance pour couvrir mes arrières.

— Très bien. Il sera sous ta responsabilité, répond Eerin avant de se diriger vers un clone, dont l'armure est ornée de bandes violettes. Le Sergent Lex est notre expert en explosifs. Aucune porte ne lui résiste. Je te suggère d'emmener aussi ton astromech.

« R3 ? », te dis-tu. Pourvu que ce tas de câbles ne tombe pas en panne quand tu auras besoin de lui !

Ton équipe est prête et tu te diriges vers la base secrète de Bitt Panith. Tu croises les doigts pour que l'assaut de Maître Eerin sur les droïdes de Panith fasse diversion assez longtemps pour t'infiltrer dans le laboratoire.

Pour l'instant, tout va bien. Tu aperçois l'entrée et, par chance, il n'y a que deux droïdes de combat qui montent la garde.

« Roger, Roger », les entends-tu dire.

Ça devrait bien se passer. Tu échanges un sourire avec Jaylen.

— Je m'occupe de celui de gauche, dis-tu.

Comme un seul homme, vous surgissez de vos cachettes. Vous utilisez le pouvoir de la Force pour saisir les droïdes et les projeter l'un contre l'autre avant qu'ils ne réagissent. En quelques instants, il ne reste plus que des morceaux de métal.

La voie est libre, et R3-G0 se dirige vers la porte pour pirater le code de sécurité. La porte s'ouvre, vous êtes entrés !

Va au 66.

Le Conseil des Jedi t'a laissé une journée pour leur présenter ton rapport. Tu prends le turbolift jusqu'au sommet de la tour où le Conseil se réunit. Lorsque tu entres dans le cercle, tu reconnais beaucoup de visages familiers. Il y a des Maîtres Jedi et des Chevaliers légendaires de l'Ordre des Jedi. Tu regrettes de ne pas les rencontrer dans de meilleures circonstances.

Kit Fisto prend la parole le premier. Il est connu pour son visage enjoué, mais en ce moment il ne sourit pas.

— Qu'en est-il de mon ancienne Padawan, Bant Eerin ? L'as-tu retrouvée ?

— Non, Maître Fisto. Je ne l'ai pas retrouvée et je pense qu'elle a été capturée par des chasseurs de primes. Je n'ai pas enquêté.

C'est ensuite au tour de Mace Windu, à peine revenu d'une bataille dans la Bordure Extérieure.

— Et le projet secret de Bitt Panith sur Akoshissss ? Sais-tu de quoi il s'agit ? te demande-t-il.

Son regard perçant te donne l'impression d'être aussi insignifiant qu'une fourmi.

— Non, Maître Windu. Je me suis échappé avant de le découvrir. Il a parlé de quelque chose appelé Krossen.

Enfin, Maître Yoda pose la question la plus difficile.

— Dans cette bataille, un initié, tu as emmené. Informé le Conseil, tu n'as pas. De Jaylen Kos, qu'est-il advenu ?

Tu t'apprêtes à répondre mais tu sens les larmes monter. Comment dire à ceux que tu admires le plus que tu as échoué et que tu as laissé tomber ton meilleur ami ?

— Je... je l'ai laissé sur Akoshissss. Ils l'ont emmené et je ne pouvais pas... Je n'avais pas le choix.

Les membres du Conseil délibèrent et tu restes planté là pendant qu'ils réfléchissent à une punition. Mace Windu finit enfin par reprendre la parole.

— Initié, tu es déchu du titre de Padawan. Tu devras retourner en classe jusqu'à ce qu'un autre Maître Jedi te choisisse. Mais je doute qu'un Jedi fasse confiance à quelqu'un qui a fait preuve de si peu de courage...

Les mots de Mace Windu te font mal, mais tu sais qu'il a raison.

C'est peut-être le moment de réfléchir à une vie autre que celle de Jedi…

47

Tu repousses le saladier de sangsues.

— Je viens vous voir en paix, et c'est de cette façon que vous me recevez ? Vous n'avez donc aucun respect pour moi ? t'exclames-tu. Le Conseil des Jedi entendra parler de cet affront !

Raikhssa se lève d'un bond et te pointe du doigt.

— Ressspect ? Qu'est-ce que tu connais du ressspect, Jedi ? C'est toi qui insultes tous les Trandoshans en refusant un plat digne d'un Chef !

Toute la salle proteste. Les choses se présentent mal !

— Si vous ne voulez pas m'écouter, reprends-tu, alors je vais m'en aller…

Raikhssa hurle depuis son trône.

— Jedi ! Ta seule destination sera les mines d'épices de Kessel !

Tu tentes de fuir mais un imposant garde Trandoshan te barre la route. Tu t'apprêtes à dégainer ton sabre laser pour des « négociations musclées », mais un autre garde t'atteint avec un tir de son arme étourdissante, et tout devient noir.

Lorsque tu reprends connaissance, tu es attaché dans une cellule sombre. Un garde Trandoshan te jette une serpillière.

— Au travail, esssclave !

La poussière, l'humidité et la pénombre. Voilà ce qu'est devenue ta vie. Et dire que tout a basculé à cause d'un simple saladier de sangsues…

48

— Notre mission est d'éliminer le cyborg ! lances-tu fermement en empoignant ton sabre laser.

Mais rien ne se passe quand tu essaies de l'activer !

— Que se passe-t-il ? Nous allons nous faire tuer si nous ne pouvons pas utiliser la Force ! continues-tu, effrayé, tandis que le cyborg avance vers vous, agitant ses bras immenses.

— Cette créature est immunisée contre la Force, intervient une voix derrière toi.

— Maître Eerin ! t'exclames-tu, soulagé.

— Reculez, jeunes apprentis. Mes capacités de Mon Calamari ont détecté un point faible chez ce cyborg. Si j'arrive à le toucher, je le vaincrai !

Bant Eerin s'avance et sort un poignard de sa veste.

Tu observes Maître Eerin virevolter autour du monstre en prenant garde de rester hors de portée de ses griffes mortelles. Soudain, Eerin bondit et enfonce la lame profondément dans le cou de la créature, qui se débat avant de s'effondrer sur le sol pour mourir rapidement.

Rends-toi au 100.

49

— Vas-y, Jaylen. Essaie juste de garder le vaisseau en un seul morceau, s'il te plaît !

Tu changes de place avec ton ami et tu sais au fond de toi que tu as fait le bon choix. Le chasseur de primes envoie des rafales de tirs, mais Jaylen les esquive habilement, comme s'il faisait corps avec le vaisseau. Il n'a même pas besoin de l'aide de R3-G0 !

— Ce gars est aussi facile à semer qu'un Bantha, mais il est bien mieux armé que nous, dit Jaylen. Tôt ou tard, il finira par nous toucher, et on sera réduit en poussière.

— J'ai un plan, le rassures-tu.

Va en 106.

Le spatioport de Kashyyyk grouille de marchands et de voyageurs venus de toute la Galaxie. Il y a des Wookies, bien sûr, mais aussi des Trandoshans, des humains, des Twi'leks et d'autres espèces que tu n'as jamais vues.

Jaylen te donne un coup de coude pour attirer ton attention. Dans la foule, un diplomate Neimoidien escorté par des gardes Magna s'apprête à monter dans un vaisseau.

— Ce doit être quelqu'un d'important de la Fédération du Commerce pour être entouré de gardes Magna. Ne nous faisons pas repérer, chuchotes-tu en mettant ta capuche, pour cacher ta tresse de Padawan.

Autour de toi, personne n'a ni vu, ni entendu parler de Crovan Dane. Ou peut-être que personne n'ose le dire. Tu as l'impression qu'on te ment…

Au moment où tu t'apprêtes à abandonner tes recherches, un mécanicien Toydarien à l'air louche s'approche de Jaylen et toi.

— Eh bien, mes jeunes amis ! Je n'ai pas pu m'empêcher de vous entendre. Vous êtes à la recherche de Crovan Dane ? demande le Toydarien en battant des ailes pour rester sur place. Je le connais peut-être. Mais je vois tellement de visages et j'entends tellement de noms... peut-être qu'un peu d'argent me rafraîchirait la mémoire.

Tu as justement quelques centaines de crédits républicains, à utiliser en cas d'urgence, que tu pourrais lui offrir pour obtenir des renseignements.

Mais soudain, tu entends un rugissement qui provient du vaisseau Neimoidien. On dirait que les gardes Magna forcent une jeune Wookie à embarquer. Si tu réagis rapidement, tu peux encore faire quelque chose. Mais deux jeunes Jedi comme vous ne font pas vraiment le poids face à ces puissants droïdes.

Le Toydarien se rend compte que vous ne lui prêtez plus attention.

— Écoutez, je suis quelqu'un de très occupé. Si vous n'êtes pas intéressés par mes informations, j'irai les vendre autre part.

Choisis ton destin...

Si tu décides d'aller voir le Neimoidien pour aider sa prisonnière Wookie, rends-toi au 96.
Si tu préfères payer le Toydarien pour ses informations, va au 70.

51

Maintenant que le vaisseau du Docteur est truffé d'explosifs, et que ses gardes Magna sont hors d'état de nuire, tu te mets en route pour capturer Panith. Lorsque tu entres dans le laboratoire, le Docteur Panith est penché au-dessus d'une table d'opération et bricole son cyborg.

— Qu'est-ce que vous faites là ? demande Panith, trop concentré pour se retourner. Krossen n'est pas terminé. Je vous ai dit d'attendre au vaisseau !

— Justement, à propos de votre vaisseau… Il n'est pas près de quitter Akoshissss, lances-tu au scientifique tandis qu'il fait volte-face. Montrez-lui, Sergent.

Lex appuie sur un petit détonateur portable et le laboratoire tout entier est secoué par l'explosion.

— Jedi ! hurle Bitt Panith. Vous ne savez pas à qui vous avez affaire ! Gardes ! Éliminez ces intrus !

Tu actives ton sabre laser et avances vers le scientifique paniqué.

— C'est terminé, Panith. Les gardes ne viendront pas. À l'extérieur, nos clones ont détruit les lignes de défense droïdes. Nous allons en finir avec le projet Krossen et vous ramener sur Coruscant.

— Je ne me rendrai jamais, Jedi, continue Panith en dégainant une arme dissimulée sous sa blouse, sans que tu aies le temps de réagir.

— Attention ! s'écrie Jaylen.

Le Docteur s'apprête à faire feu mais Jaylen lui arrache l'arme des mains en utilisant la Force. Panith n'a plus le choix et doit se rendre.

— Je parie que tu es content de m'avoir emmené, non ? dit Jaylen, en souriant.

— N'en fais pas trop, Jaylen. Tu es toujours un initié, le taquines-tu. Ramenons ce criminel à Maître Eerin. Je ne sais pas toi, mais moi, je suis prêt à rentrer chez nous.

Rends-toi au 21.

52

Tu poses sur Gama Bankor le même regard perçant que tes instructeurs Jedi, lorsque tu faisais des bêtises au Temple.

— Nous sommes peut-être jeunes, mais nos Maîtres sont plus puissants que vous ne pouvez l'imaginer, et ils seront bientôt là. Si vous levez la main sur nous, ils réduiront vos droïdes en miettes et vous serez emmené sur Coruscant pour être jugé.

Gama Bankor soutient ton regard dans l'espoir d'y déceler un signe de mensonge, mais finit par décider qu'il ne vaut mieux pas prendre de risque.

— Droïdes, relâchez la Wookie. Le voyage du retour sera plus agréable sans elle. Elle aurait empesté tout le vaisseau.

Un des gardes Magna la détache et la Wookie grogne furieusement devant le droïde.

Elle est jeune, mais elle a du caractère !

— Allons-nous-en, j'en ai assez de cette planète.

Et sur ces mots, le diplomate Neimoidien s'en va. Ton bluff a marché !

Rends-toi au 12.

En fonçant vers les jardins avec Jaylen, tu aperçois le Quartier Général. En ce moment, cette partie bien gardée du Temple Jedi est en alerte permanente. C'est là que les généraux Jedi établissaient une stratégie pour renverser l'alliance Séparatiste du Comte Dooku.

— Hé ! Je crois que je vois Mace Windu ! s'écrie Jaylen. Il va peut-être me choisir. Je serais un très bon Padawan pour lui !

— Sois un peu sérieux, le calmes-tu. Même si c'était Maître Windu, il est trop précieux pour la République en ce moment. Il n'a pas le temps de s'occuper d'un Padawan.

Il y a très peu de chances en effet. Mais tu ne peux pas t'empêcher d'imaginer un cours particulier avec un professeur aussi incroyable. Tu as la tête qui tourne en pensant à tous ces chevaliers Jedi et généraux qui pourraient devenir ton maître. Si ce n'est pas aujourd'hui, ça sera bientôt, c'est sûr.

Avant que la Guerre des Clones n'embrase la Galaxie, les couloirs du Temple Jedi étaient remplis de Padawans, qui revenaient en cours entre deux missions. Maintenant, les Padawans sont formés directement sur les champs de bataille et ne reviennent ici que pour se regrouper avant les prochains combats. Être un Padawan, ce n'est plus seulement un apprentissage, ça signifie devenir adulte et supporter tous les soucis qui vont avec. Tu n'en parles pas autant que Jaylen, mais tu es aussi impatient que lui de prouver que tu es à la hauteur.

— Dépêche-toi, dis-tu à ton ami en accélérant. On est presque aux jardins.

Va au 99.

Qui sait ce que ce savant fou va faire à ton ami si tu ne fais rien ! Tu te lances à la poursuite de Jaylen et de ses ravisseurs. Tu passes la porte blindée et dévales le labyrinthe de couloirs jusqu'à une vaste salle d'opération. Le Docteur Panith est en train d'attacher Jaylen à un brancard, tandis qu'un droïde médical lui pose des électrodes qui le relient à un imposant scanner. Quelques assistants humanoïdes observent la scène. Tu te caches derrière un meuble en restant parfaitement immobile pour ne pas te faire repérer.

— Comme vous pouvez le voir, le sujet montre une activité midi-chlorienne typique d'un Jedi de son âge, explique le Docteur Panith à ses assistants. Maintenant, voyons comment il réagit au sujet XK-7.

Une immense porte s'ouvre pour laisser passer un autre brancard, sur lequel est attaché un hybride de monstre et de métal. C'est Krossen. Son visage rappelle vaguement celui d'un reptile, mais le reste de son corps a été tellement modifié qu'il ne ressemble plus à rien de connu. Tu as déjà vu des images du Général Grievous, dont le corps de cyborg est construit pour être vif et puissant. Mais Krossen est bâti pour la force brute. Est-ce que c'est ça, l'arme secrète contre les Jedi ?

Le Docteur Panith continue sa démonstration.

— Vous le savez, la clé du projet Krossen est la transfusion du sang de Terentatek résistant à la Force dans le corps d'un cyborg. Les sujets XK-1 à XK-6 ont fait des rejets, mais le XK-7 semble stable.

Le savant fou jette un œil aux écrans de contrôle du scanner avant de reprendre.

— Ah ! Le sujet montre une chute de quatre-vingt-dix pour cent d'activité midichlorienne. Maintenant, il n'y a plus qu'à confirmer ses qualités en situation de combat.

C'était donc ça, le plan de Bitt Panith. Un cyborg résistant à la Force ! Tu ne peux pas t'empêcher de laisser échapper un cri... Oups !

Trop tard. Tous les regards se tournent vers toi.

— Je vois que nous avons un volontaire, lance le Docteur Panith avec un sourire sinistre.

La dernière chose dont tu te souviens avant que tout devienne noir est le poing d'un garde Magna qui s'abat sur ta tête.

Va au 9.

55

Sunchoo te guide à travers les terres des Ombres de Kashyyyk. Tu entends des bruits étranges dans les buissons autour de toi. S'il y a quelque chose là-dedans, tu espères que ça ne mange pas de Jedi !

Après plusieurs heures de marche, Sunchoo s'arrête et te montre une faible lumière au loin.

— Son campement est là-bas, grogne-t-elle.

Tu suis la Wookie jusqu'à la limite du campement et aperçois pour la première fois l'homme que Maître Eerin t'a demandé de capturer.

Ce serait peu dire que de décrire Crovan Dane comme costaud. Sa peau est aussi rugueuse et balafrée que la veste en dragon larayt qu'il porte. Une paire de pistolets laser modifiés se balance à sa taille.

Pour compliquer le tout, il n'est pas seul. Un Wookie aux poils gris et à l'œil caché par une plaque de métal l'accompagne. Cette bête poilue avec ses cartouches de fusil en bandoulière pourrait bien être encore plus dangereuse que Crovan.

— Quel genre de Wookie oserait vendre ses

semblables en tant qu'esclaves ? s'interroge Jaylen avec un dégoût à peine masqué.

— Un Wookie très dangereux, répond Sunchoo avec une pointe de colère. C'est Tahnchukka, un exilé de ma tribu. Avant de faire équipe avec Crovan, il vendait déjà des Wookies aux Trandoshans.

— Ne t'en fais pas, Sunchoo, la rassures-tu. Il va payer pour sa trahison.

— Je l'espère… je l'espère vraiment.

Va au 60.

56

De retour au poste de commandement avancé, des centaines de clones te félicitent bruyamment. Hier encore, tu n'étais qu'un adolescent sans expérience du combat, et te voilà devenu le héros de la Bataille d'Akoshissss.

Pourtant, un des clones n'applaudit pas. C'est le Sergent Troy, celui qui avait remis en cause ton autorité. Il retire son casque et te fixe d'un air glacial.

— Vous avez du culot de nous dicter ce que nous avons à faire, le bleu…

Ça commence mal !

— … mais vous avez eu du courage et de l'intelligence. C'était un honneur d'être sous vos ordres, Commandant.

Le Sergent Troy te serre la main avec admiration.

Dans cette Guerre des Clones, il reste encore beaucoup de batailles à venir. Mais après ce que tu as vécu aujourd'hui, tu te sens prêt à jouer ton rôle, pour rétablir une fois pour toutes la paix dans la Galaxie.

Fin

— Ce n'est pas le moment de jouer les héros, Jaylen, lances-tu. Je peux m'occuper de lui !

Le vaisseau du chasseur de primes se rapproche en faisant feu avec ses canons laser. Tu agrippes le manche de ton Delta-7B et le tires vers toi pour semer le chasseur de primes, mais il est trop rapide.

— Je n'y arrive pas !

Les tirs se rapprochent de plus en plus. Soudain, tu entends un gémissement mécanique et des étincelles jaillissent de l'aile de ton chasseur.

— Je viens de perdre R3 !

Ton astromech est touché et tu ne te rends pas compte que des missiles foncent sur toi. Trop tard !

— Prépare-toi à l'impact ! cries-tu.

Pourtant, aucune explosion ne se produit lors du choc. Ce sont des missiles électromagnétiques qui vont griller les circuits de ton vaisseau. Le temps de sortir de l'onde de choc électromagnétique, et tu te retrouves à l'arrêt.

Le chasseur de primes utilise un rayon tracteur pour t'attirer vers la soute du cargo.

Tu vois ton ennemi se rapprocher à travers la vitre de ton cockpit. C'est un jeune Trandoshan en tenue orange.

— Sortez de votre vaisseau, sssales Jedi ! vous lance-t-il en pointant son arme vers toi.

— Fais ce qu'il dit, ordonnes-tu à Jaylen en t'extirpant doucement du vaisseau. S'il voulait nous tuer, il nous aurait abattus en plein vol.

— Donnez-moi vos sssabres laser, les gamins !

Vous n'avez pas d'autre choix que d'obéir. Vous lancez vos sabres laser qui constituaient votre dernier espoir.

— Sssuper… ça me fait trois sssabres laser aujourd'hui !

Trois ? Il doit parler de celui de Maître Eerin !

— Qu'est-ce que tu nous veux, espèce de lézard ? Qui est ton chef ?

— Chef ? Bossk n'a pas de chef. Bossk n'est pas encore chasseur de primes. Mais grâce à ces sabres laser, la Guilde l'acceptera. Maintenant, il est temps de rejoindre votre maître… dans la tombe ! Sss-sss-sss !

Tu n'as jamais rien entendu de plus désagréable que le rire du Trandoshan, mais malheureusement, c'est la dernière chose que tu entendras.

58

Un Padawan sans arme face aux forces Séparatistes ? Il y a peu de chances que tu t'en sortes et tu n'as pas vraiment envie de risquer ta vie. Tout le monde est tellement absorbé par ce que le Docteur Panith fabrique dans son laboratoire que tu parviens à te faufiler hors du complexe sans être vu et à rejoindre ton vaisseau. Tu seras bientôt en sécurité dans le Temple Jedi et cet horrible cauchemar ne sera plus qu'un mauvais souvenir…

Rends-toi au 46

Tu oublies ta peur et te tournes vers Jaylen.

— Il est temps de nous comporter comme des Jedi.

— Mais que pouvons-nous faire contre un assassin Sith ? demande Jaylen.

— J'ai un plan, réponds-tu en souriant.

Tu expliques rapidement ta stratégie à Jaylen avant de foncer droit sur Ventress. Tu empoignes ton sabre laser, bien que tu ne t'en sois jamais servi en dehors du Temple Jedi. Te permettra-t-il de résister aux deux sabres laser de Ventress ?

Tu vas vite le savoir. Ton sabre activé, tu bondis dans les airs. Ventress a senti ta présence et fait volte-face, en connectant ses deux armes pour n'en former qu'une, plus mortelle que jamais. Tu abats ton sabre sur elle en espérant couper son arme en deux avant qu'elle n'ait le temps de frapper…

Trop tard ! La protégée du Comte Dooku est bien plus rapide que toi et esquive ton attaque avant de te porter un coup aux jambes. Au lieu d'atterrir gracieusement, tu bascules sur le sol rocailleux, déchirant ta robe et écorchant tes genoux.

Ventress se tient au-dessus de toi, prête à te porter le coup fatal lorsqu'une puissante voix retentit.

— Éloigne-toi de mon Padawan !

Maître Eerin arrive juste à temps !

Tu te relèves et vas te replacer aux côtés de Bant Eerin. Vous n'avez jamais combattu ensemble, mais vous vous accordez rapidement. À deux, vous rivalisez avec le bras droit de Dooku, mais personne ne prend le dessus.

Tu es tellement concentré sur le combat que tu as failli ne pas remarquer des droïdes qui transportent un énorme caisson depuis le laboratoire jusqu'au vaisseau de Ventress. C'est sans doute l'arme secrète de Bitt Panith ! Maître Eerin l'a remarqué aussi.

— Si jamais Ventress s'échappe avec cette caisse, cela entraînera la mort de nombreux Jedi, lance Eerin.

Va en 90.

Depuis ta cachette, tu observes Crovan et Tahnchukka charger leur vaisseau de cages remplies de créatures étranges et sauvages : reptiles katarns, gnasps armés de dards, des limaces goryl venimeuses et d'autres bêtes moins familières. Il y a même une famille de Wookies !

— C'est bientôt terminé, Tank. Nous avons trouvé tout ce que Panith a inscrit sur sa liste, et même son Terentatek, lance Crovan. Nous pourrons livrer ces bestioles sur Akoshissss dès que nous aurons fini de charger le vaisseau.

C'est donc pour ça que Maître Eerin t'a envoyé ici ! Crovan Dane chasse des créatures pour les recherches de Bitt Panith sur son cyborg. Le nom de Terentatek te rappelle vaguement quelque chose mais tu ne sais pas vraiment quoi…

Tahnchukka s'arrête soudain et hume l'air. Il se dirige vers vous !

— Que se passe-t-il, Tank ? demande Crovan.

Tu saisis ton sabre laser et marches silencieusement vers Jaylen. Mais Sunchoo te retient par le bras avant que tu ne te montres pour affronter le mercenaire wookie.

— Attends ! Restez ici. C'est moi qu'il a sentie, murmure-t-elle. Si je me rends, ça vous fera gagner du temps.

Choisis ton destin...

Si tu décides de suivre le conseil de Sunchoo en restant caché, va au 25.

Si tu choisis d'aller affronter Crovan, rends-toi au 68.

Tu n'as que quelques secondes avant que Crovan et son acolyte Wookie ne ressortent du vaisseau. Il faut agir vite.

— Ouvre toutes les cages, lances-tu à Jaylen. Mais sois prudent, on dirait que certaines de ces bêtes n'ont pas mangé depuis plusieurs jours.

Tu libères prudemment une cage remplie d'insectes Kinrath qui font claquer leurs mandibules à ton approche. Un immense serpent Wroshyr tigré siffle en passant près de toi et disparaît dans la forêt. De l'autre côté du campement, Jaylen vient de relâcher un couple de jeunes Katarns qui poussent des cris perçants, tandis que des Gnasps et des Mynocks volent au-dessus de vous.

Il ne reste qu'une cage mais c'est la plus imposante de tous. Ses parois sont aussi épaisses que des portes blindées. Ce qui se trouve à l'intérieur doit être vraiment dangereux. Tu appuies sur le bouton qui déclenche l'ouverture mais une voix te surprend avant que tu puisses voir ce qui se trouve dans le caisson.

— Par le tonnerre de Mustafar ! Qu'est-ce qui se passe ici ? lance quelqu'un depuis le vaisseau.

Crovan et Tahnchukka sortent du navire et observent les créatures s'agiter dans toutes les directions. On dirait un zoo intergalactique hors de contrôle !

— Va chercher des filets et des blasters étourdissants. Vite ! Notre salaire est en train de s'envoler !

Le regard de Crovan se pose soudain sur Jaylen et toi.

— Les mains en l'air, qui que vous soyez ! hurle-t-il en avançant, son arme pointée dans votre direction. Pas un geste, ou je tire !

Rendez-vous au 82.

Tu te retrouves face à face avec une imposante femme Mon Calamari vêtue d'une tenue de Chevalier Jedi. C'est Maître Bant Eerin !

— J'espère que tu n'as pas l'intention d'utiliser ce sabre laser contre moi, lance-t-elle avec le sourire.

— Pardonnez-moi, Maître Eerin, réponds-tu en baissant ton arme.

— Tu n'as pas à t'excuser. Je suis très impressionnée par la rapidité de tes réflexes. Tu seras une aide précieuse pour cette mission.

— Nous sommes venus pour vous sauver, reprends-tu en rougissant sous l'effet des compliments d'Eerin. Mais j'ai l'impression que vous n'avez pas besoin de nous, Maître !

— Vous avez été courageux, jeunes apprentis, continue Bant Eerin, avant de se tourner vers Jaylen. Cependant, je ne me rappelle pas que Maître Yoda ait parlé d'un second Padawan.

Tu racontes à Maître Eerin comment Jaylen s'est caché à bord de ton vaisseau et comment il t'a aidé à vaincre le chasseur de primes. Jaylen garde la tête baissée, craignant le pire.

— C'est très grave, jeune Jaylen Kos, et tu devras répondre de tes actes devant le Conseil du Temple Jedi dès que nous serons rentrés. Cela dit, tu es avec nous pour la durée de cette mission. Le chasseur de primes nous a retardés et nous n'avons plus une minute à perdre. Suivez-moi jusqu'au laboratoire de Panith.

Jaylen et toi hochez la tête.

— Et cette fois, plus de surprises, jeunes apprentis.

Va au 81.

Si Jaylen veut se battre, alors tant pis. Peut-être retrouvera-t-il la raison quand il aura goûté à la défaite.

— Tu crois que tu peux me battre, Jaylen ? Alors réglons ça, maintenant, lances-tu.

Tu fais signe à tes hommes de rester à distance tandis qu'Asajj Ventress sourit d'un air diabolique, visiblement décidée à ne pas intervenir.

Jaylen et toi vous approchez l'un de l'autre, sabres laser activés, comme des tigres prêts à bondir. Vous vous jaugez en tournant en rond. Quand vous étiez au Temple Jedi, vous vous êtes souvent affrontés à l'entraînement. Mais cette fois, c'est bien réel.

Jaylen attaque le premier. Il plonge sur toi pour une attaque frontale. Tu bloques le coup sans problème, mais Jaylen est puissant, et il parvient à te faire reculer. Tu jettes un rapide coup d'œil derrière toi et te souviens que tu es à plusieurs centaines de mètres d'altitude. Un faux mouvement dans cette direction et c'est la chute assurée. Jaylen profite de ton moment de distraction pour te blesser à l'épaule. Lorsque tu sens le sang couler, une vague de colère monte en toi.

Cette fois, c'est toi qui l'attaques. Tu vises les jambes de Jaylen et il fait un bond en arrière, exactement comme tu t'y attendais. Tu fonces sur lui, en envoyant une série de coups rapides. Jaylen les repousse facilement, mais il commence à fatiguer.

Tu choisis alors de feindre une ouverture, et Jaylen tombe dans le piège en donnant un puissant coup de sabre. Grave erreur. Tu bondis dans les airs et retombes dans son dos, en lui assénant un violent coup de pied.

Tu cherchais seulement à le sonner, mais tu ne t'es pas rendu compte de ta force. Jaylen vacille vers le bord de la falaise. Tu vois avec horreur ton meilleur ami basculer dans le vide.

— Jaylen ! hurles-tu en courant vers lui.

Trop tard. C'est fini.

Va au 28.

Tu traverses le champ de bataille en esquivant les tirs de lasers des droïdes, et tu passes à travers le bouclier d'énergie scintillant. Il te protège des tirs de l'extérieur mais tu ne peux plus compter sur la puissance de feu de tes alliés, restés de l'autre côté. Le générateur de bouclier est tout proche, mais des droïdes destroyers te barrent la route.

« Super ! Des boucliers à l'intérieur du bouclier ! » penses-tu.

Les robots ouvrent le feu et tu comprends que tu vas avoir besoin d'aide pour atteindre le générateur. Tu jettes un œil autour de toi et aperçois un clone qui résiste seul aux assauts des droïdes. Ce clone, tu le reconnais facilement. C'est le Sergent Troy, celui qui a remis en cause ton autorité.

— Tiens, voilà le petit général, ricane-t-il.

Tu as du mal à contenir ta colère lorsque tu réponds :

— Sergent, j'ai besoin de votre aide.

— Oh, je peux vous aider, réplique le clone rebelle. Mais nous allons faire ça à ma manière, cette fois, le bleu.

Rends-toi au 83.

65

Sunchoo te conduit à son village, où Jaylen et toi êtes accueillis en véritables héros. Les Wookies qui ont été sauvés racontent à tout le monde à quel point vous êtes braves. Tous les villageois viennent à votre rencontre pour vous remercier personnellement.

— Fêtons le retour de nos amis disparus, et souhaitons la bienvenue à ces Jedi dans notre tribu ! lance un Wookie particulièrement poilu.

Des feux de joie brûlent toute la nuit au rythme de la musique. Tu n'as jamais vu pareille fête !

Alors que la nuit laisse place à l'aube, tu attires Sunchoo à part pour lui dire adieu.

— Je suis désolé, Sunchoo. Jaylen et moi devons retourner chez nous. Il y a beaucoup d'autres batailles qui nous attendent pour restaurer l'ordre dans la Galaxie.

Sunchoo renifle.

— Mais… j'ai une dette de vie envers vous !

— Tu nous as menés à Crovan. Tu as fait preuve de courage en te rendant pour nous permettre de faire diversion. Nous n'aurions jamais pu réussir cette mission sans toi,

Sunchoo. Ta dette est largement remboursée.

La jeune Wookie secoue la tête.

— Je n'oublierai pas ce que vous avez fait. Même si je ne peux pas vous suivre, sachez que vous n'avez qu'un mot à dire… et je traverserai la galaxie pour venir à votre secours.

Jaylen et toi dites adieu à la tribu Wookie et retournez à votre vaisseau.

Sur le chemin du retour vers Coruscant, tu repenses avec fierté à ta première mission. Quelle aventure ! Tu es tellement pressé de tout raconter à Ahsoka ! Et lorsque la Guerre des Clones sera terminée, tu pourras peut-être emmener Ahsoka sur Kashyyyk pour la présenter à Sunchoo. Vivement que ce jour arrive !

Fin

66

Le laboratoire secret est un vrai labyrinthe. Tu pourrais facilement t'y perdre.

— Où est-ce qu'on va maintenant ? demande Jaylen.

— Chut ! J'ai entendu quelque chose, réponds-tu.

Il y a bien des voix, et elles se rapprochent de vous !

— Dites au Comte Dooku que le Projet Krossen sera bientôt prêt à être livré, lance une voix froide et métallique.

Pourtant, elle ne ressemble pas à celle d'un droïde. Et qu'est-ce que c'est que ce Projet Krossen ? Peut-être l'expérience top-secrète, menée dans ce laboratoire ?

— Oui, Docteur Panith. Les gardes Magna vont préparer votre vaisseau.

La première voix est donc celle de Bitt Panith, celui que tu recherches !

Tu risques un œil dans le couloir et aperçois Panith s'éloigner dans un couloir tandis que deux gardes Magna partent de leur côté.

— Qu'est-ce qu'on attend ? Attrapons-le ! te presse Jaylen.

Le Sergent Lex lève la main en guise d'avertissement.

— Commandant, il faut être prudent. Les gardes Magna sont la menace principale pour l'instant, et si nous nous occupons du vaisseau du Docteur, il ne pourra pas s'enfuir.

Choisis ton destin...

Si tu décides de suivre les droïdes jusqu'au hangar, rends-toi au 76.

Si tu préfères te faufiler derrière Bitt Panith jusqu'à son laboratoire, va au 32.

— Je ne vous abandonnerai pas, Sergent, lances-tu. Nous devons unir nos forces pour battre ce monstre.

Bitt Panith avait tort de croire que ton entraînement de Jedi ne te servirait à rien. Le destin d'un Jedi n'est pas seulement de manier un sabre laser ou de manipuler des objets en utilisant la Force. Il faut aussi savoir se servir de son esprit et écouter son cœur. Aucun cyborg ne pourra détruire cette force.

— J'ai un plan, dis-tu à ton équipe. Nous devons nous y mettre tous ensemble.

À ton signal, le Sergent Lex ouvre le feu sur Krossen et l'attire petit à petit vers l'entrée principale du laboratoire. Pendant ce temps, R3-G0 se connecte à l'ordinateur central. Lorsque le cyborg arrive à l'entrée, le petit droïde active rapidement la fermeture des portes, bloquant temporairement Krossen.

Maintenant, c'est à toi de jouer. Jaylen t'envoie sur le dos de Krossen. Tu parviens à lui arracher son masque de protection. Son visage n'est qu'un amas de peau gluant, plus épouvantable que ce que tu pouvais imaginer. Impossible de dire si c'est le visage d'une créature, ou un ignoble croisement... Tout ce qui compte, c'est que le visage est le point faible de Krossen.

— Finissons-en, Lex, cries-tu.

Le clone vise précisément la gueule grande ouverte du cyborg qui s'effondre lourdement.

Bitt Panith s'est échappé mais tu sais maintenant ce qu'il préparait. Seul l'avenir te dira si cette mission est un succès ou pas. Pour l'instant, il faut aller retrouver ton Maître Jedi. Il est temps de rentrer à la maison

Va au 36.

— Non, Sunchoo. On va s'en occuper. On est des Jedi, réponds-tu en empoignant ton sabre laser et en faisant signe à Jaylen d'avancer.

— Crovan Dane, lances-tu. Vous êtes en état d'arrestation pour conspiration contre la République. Rendez-vous sans faire d'histoires et suivez-nous sur Coruscant.

— Sinon quoi ? se moque Crovan. Tu vas utiliser ton sabre laser ? Vas-y, essaye, Jedi.

Si c'est vraiment ce qu'il veut, alors c'est parti. Tu tentes d'activer ton sabre, mais quelque chose ne va pas. Des étincelles sortent de la poignée, mais ni la lame de Jaylen ni la tienne n'apparaissent !

Crovan éclate de rire en tapotant sur un énorme caisson.

— Eh oui, Jedi. Il y a un Terentatek dans cette boîte. C'est une des rares créatures qui peut repousser le pouvoir de la Force. Tes pouvoirs ne te serviront à rien.

Il a raison. Tu n'arrives plus à sentir la Force autour de toi. C'est comme si tu avais perdu tes sens.

— Après le carnage que vous avez fait sur

Géonosis, beaucoup de gens sont prêts à payer très cher pour des prisonniers Jedi, continue le chasseur de primes. On dirait que c'est notre jour de chance, n'est-ce pas, Tank ?

Le Wookie borgne émet un grognement d'approbation.

Tu fais volte-face pour fuir, mais c'est inutile. Sans la Force, Crovan et le Wookie sont beaucoup trop rapides pour toi. La dernière chose dont tu te souviens est le bruit d'un blaster étourdissant juste derrière toi…

Rends-toi au 4.

— Pas d'exploration de grotte aujourd'hui, Jaylen, tranches-tu. On y va directement. Je te conseille d'ouvrir l'œil, il pourrait y avoir des droïdes de combat.

Tu guides ton meilleur ami vers le laboratoire, la main posée sur la poignée de ton sabre laser. Un droïde peut surgir à tout moment, bien que l'endroit soit désert.

À quelques dizaines de mètres de la porte d'entrée, tu attires Jaylen derrière un rocher.

— Tu y comprends quelque chose ? lui demandes-tu. Un laboratoire top-secret sans aucune sécurité ? C'est pas normal. Je ressens une présence ici, mais je n'arrive pas à la localiser.

Jaylen rit.

— Tu as trop d'imagination. Tu ne peux pas accepter qu'on ait de la chance.

Jaylen se lève et court jusqu'à la porte avant que tu aies le temps de préparer un plan. Mais tout à coup, ce que tu ressentais commence à prendre forme.

— Jaylen, attends ! hurles-tu. Le complexe est surveillé par…

Des centaines de droïdes de combat caméléons apparaissent soudain ! Les caméléons baissent les boucliers holographiques qui les rendaient invisibles à l'œil nu et pointent leurs canons laser vers vous.

— On aurait dû aller dans la grotte ! crie Jaylen en repoussant les tirs à l'aide de son sabre laser.

Tu jettes un œil à ton ami en activant ton arme. Il est vraiment dans son élément. Il pare les tirs ennemis comme si son sabre était une extension naturelle de son corps. Et en plus, il sourit !

Les droïdes de combat continuent d'avancer. Tu n'as aucun mal à repousser leurs tirs, mais pour les éliminer, il faudra des combats au corps à corps à coups de sabre laser, et cette pensée ne te réjouit pas vraiment.

— Mets-toi derrière moi, Jaylen ! cries-tu. Les droïdes se rapprochent et on doit se protéger. Surtout avec ces droïdes caméléons dans tous les coins !

Jaylen se taille un chemin à travers les droïdes et te rejoint. Vous vous placez dos à dos.

— Nous devrions peut-être essayer la bonne vieille technique de Lomak ? propose Jaylen.

— Comme au Temple Jedi ! répliques-tu tandis que les droïdes échouent à percer votre défense.

Soudain les portes du laboratoire de Bitt Panith s'ouvrent, et des dizaines de nouveaux droïdes caméléons foncent sur vous.

— C'est pas vrai ! Il y en a d'autres ! t'écries-tu, alors que vous commencez à fatiguer.

L'un des robots est équipé d'un projecteur holographique. Il s'arrête à un mètre de vous et l'active. L'hologramme bleuté d'un scientifique Muun apparaît.

— Bienvenue sur Akoshissss, Jedi. Je suis le Docteur Bitt Panith… mais vous devez déjà le savoir, sinon vous ne seriez pas ici. Rendez-vous à mes droïdes et je vous promets qu'il ne vous sera fait aucun mal, tant que je respirerai.

Choisis ton destin…

Si tu préfères continuer le combat contre les droïdes, va au 14.

Si tu choisis de rendre les armes, va au 44.

Tu prends une poignée de pièces dans ton sac.

— Je te répète son nom : Crovan Dane. La mémoire te revient ? demandes-tu en agitant les pièces devant le Toydarien, dont le regard s'illumine.

— Oh, bien sûr ! Crovan, oui ! C'est un homme très dangereux, vous savez. C'est un trafiquant ! Il est dans les Terres des Ombres, en ce moment. Mais je ne sais pas du tout ce qu'il y fabrique.

— Est-ce que tu accepterais de nous conduire jusqu'à lui ? intervient Jaylen.

— Moi ? Dans les Terres des Ombres ? réplique le Toydarien d'un air incrédule. Pas question ! Mais je connais quelqu'un qui peut vous aider. Quelqu'un qui est aussi à la recherche de Crovan. Il vous mènera à lui !

— Parfait. Dans ce cas, emmène-nous voir ton ami, reprends-tu.

Le Toydarien vous conduit à travers une série d'escaliers jusqu'au plus bas niveau du village Wookie. Jaylen et toi vous retrouvez devant un restaurant miteux.

— C'est ici. Demandez à parler à Goomi, et

dites-lui que c'est Zaboshka qui vous envoie. Oh, je préfère vous prévenir. Goomi peut facilement changer d'apparence, et il adore les blagues.

Sur ce, le Toydarien vous quitte. Il est temps de découvrir si cette piste vaut l'argent que tu as dépensé pour l'obtenir…

Rends-toi au 93.

Ce n'est pas la première fois que tu vois un cyborg. D'habitude, ils gardent leurs anciens traits, les pièces mécaniques venant simplement améliorer ou remplacer des fonctions organiques.

Certains cyborgs, comme le malfaisant Général Grievous sont plus des machines que des êtres vivants, mais ils sont des exceptions dans la Galaxie. Krossen est complètement différent. Il est composé en totalité de morceaux de créatures variées, qu'elles soient grandes ou minuscules. Ses énormes bras ressemblent à ceux d'un Gundark, l'une des bêtes les plus féroces de l'univers. Ses jambes sont aussi puissantes que celles d'un Gamorréen, et son visage est dissimulé derrière un terrifiant masque de métal. Son armure et ses armes font partie intégrante de son corps. Mais le monstre cache un autre secret... Jaylen te donne un coup de coude.

— Tu as vu nos sabres ?

Les lames bleues et vertes font quelques étincelles avant de s'éteindre. Tu sens soudain une vague de nausée monter en toi.

— Quelque chose ne tourne pas rond, dis-tu. C'est comme si une partie de moi ne répondait plus.

Le maléfique Docteur Panith se frotte les mains, ravi.

— Je vois que vous avez découvert le pouvoir de Krossen : il est immunisé contre la Force ! Le sang qui coule dans ses veines provient d'un Terentatek, une des rares espèces de la Galaxie qui résiste naturellement à la Force. Votre entraînement de Jedi ne peut plus rien pour vous maintenant.

Les circuits de Krossen s'activent et il avance vers vous de plus en plus vite, faisant trembler la pièce à chacun de ses pas. Que peux-tu faire, sans l'aide de la Force ?

Va au 34.

Tu tentes de te souvenir. Tu connais Jaylen depuis ton premier jour en tant qu'initié, c'est bien ça ? Sans doute…

— Toi, à gauche. Tu es le vrai Jaylen, n'est-ce pas ?

Celui que tu croyais être Jaylen se transforme soudain sous tes yeux. Il passe de l'apparence d'un Zabrak à celle d'un reptile que tu n'as jamais vu auparavant.

— C'est amusant ! J'ai réussi à tromper un Jedi ! lance la créature, qui doit être le fameux Goomi. Mais ça ne doit pas être un Jedi très intelligent, vu sa mémoire. Dans ce cas, ça ne compte pas.

Pendant que Jaylen te lance un regard noir à cause de ton erreur, Goomi continue de se vanter et entame une petite danse.

— Pfff. Je ne comprends pas pourquoi tu es devenu Padawan avant moi, lâche Jaylen en soupirant bruyamment.

— Euh..., balbuties-tu en rougissant. Je suis stressé en ce moment. On est toujours amis, non ?

— Détends-toi, reprend Jaylen. On a trouvé Goomi. Finissons-en avec cette mission et rentrons chez nous. Essaye de faire attention maintenant, d'accord ? Je ne fais pas du tout confiance à ce… Goomi.

Goomi s'arrête soudain de danser et se tourne vers vous.

— Vous êtes à la recherche de Crovan Dane, c'est ça ? Moi aussi. C'est un menteur et un voleur ! Il a volé mon chef et je vais le lui faire payer ! Partons à sa recherche ensemble, jeunes Jedi. Mais puisque vous êtes aussi bêtes, vous suivrez mes ordres.

Tu t'apprêtes à répondre, mais après l'erreur que tu viens de faire, tu décides de te taire et d'obéir.

Va au 8.

Les sangsues croustillent sous tes dents. Le goût est infâme, mais c'est toujours mieux que de les laisser arriver encore vivantes dans ton estomac !

Le chef de guerre Raikhssa te sourit depuis son trône.

— Je suis très impresssionné, Jedi. La plupart des humains ne sssuportent pas le mets le plus raffiné de la cuisine Trandoshane. Je t'écoute. Dis-moi pourquoi tu es là !

Tu as réussi à gagner le respect de Raikhssa. Ça ne devrait pas être compliqué de le convaincre de fermer les yeux sur la présence des Jedi sur Akoshissss. Tes cours de diplomatie te reviennent en mémoire. Un bon négociateur doit garder le contrôle, tout en donnant l'impression à son interlocuteur que c'est lui qui a le dernier mot. Il faut flatter l'ego afin que l'autre quitte la table des négociations en pensant avoir gagné.

— Ces arrogants Séparatistes ont créé des problèmes dans la zone spatiale Trandoshan, expliques-tu. Comme nous tenons à l'amitié de votre peuple, nous avons cru bon de punir les Séparatistes pour cette offense.

Tu parles à Raikhssa du laboratoire secret sur Akoshissss tout en sachant pertinemment que le diabolique Bitt Panith a dû le payer pour pouvoir s'y installer.

Raikhssa se gratte le menton en réfléchissant, tandis que tu ajoutes une dernière précision pour clore le débat.

— Nous saurons bien sûr dédommager généreusement votre majesté pour la gêne occasionnée par cette petite escarmouche.

C'est exactement ce que le chef de guerre attendait.

— Faites ce que vous voulez des Séparatistes. Mais assurez-vous de quitter Akoshissss dès que vous aurez terminé.

Tu as réussi ! Les Trandoshans n'interviendront pas dans la bataille !

Rends-toi au 98.

Le Sergent Troy te tape sur l'épaule.

— Au moins, nous allons mourir en soldats, pas vrai, le bleu ?

Mais soudain, tu entends au-dessus de toi le grondement de vaisseaux en approche. Une pluie de lasers s'abat sur les forces droïdes, et tu aperçois une dizaine de vaisseaux de guerre qui descendent du ciel. Le Maître Jedi Kit Fisto est à la tête de l'escadron. Tu n'as jamais été aussi heureux de voir un visage familier !

Grâce aux renforts, tes clones et toi vous débarrassez facilement des derniers droïdes. Beaucoup de soldats ont été tués, mais la République est victorieuse.

La fumée se dissipe et tu rejoins les autres Jedi afin d'honorer ceux qui ont été tués sur le champ de bataille. Tu regardes Bant Eerin dans les yeux pour la première fois depuis qu'elle t'a mis à la tête du commandement terrestre.

— Je suis désolé de vous décevoir, Maître.

Eerin secoue doucement la tête.

— Non, Padawan. Aujourd'hui, tu as fait preuve d'un grand courage et d'une grande humilité. Toutes les victoires ont un prix, et en tant que Jedi, nous devons apprendre de nos erreurs, et nous assurer que, la prochaine fois, le prix à payer ne sera pas aussi lourd.

Tu sais tout de suite que le vrai Jaylen se trouve à droite. Ce n'est que lors de ta cinquième année, pendant l'entraînement au sabre laser, que Jaylen est devenu ton meilleur ami. Tu en es sûr, celui de gauche est en train de te mentir.

— Très bien, Goomi, lances-tu à l'imposteur. Finissons-en avec ces petits jeux et aide-nous à trouver Crovan Dane.

Goomi passe alors de l'apparence de Jaylen à celle d'un reptile à la peau bleue. Est-ce sa vraie apparence, ou une autre ruse ?

— Vous pourchassez le trafiquant d'animaux, sages et rusés Jedi ? demande-t-il. Oui, je sais où se cache Crovan Dane. Je vous emmène, car je le cherche aussi. Il a volé mon employeur. Il est très dangereux, mais pas pour quelqu'un d'aussi intelligent que vous, jeune Maître.

La bouche de Goomi se tord en un sourire étrange. Quelque chose te dérange chez ce personnage. « Je ferais mieux de rester sur mes gardes », te dis-tu en le suivant dans la forêt en compagnie de Jaylen.

Va au 8.

76

— Lex a raison, dis-tu. Commençons par lui couper toute retraite, et ensuite nous reviendrons chercher ce bon docteur.

Vous vous faufilez dans le hangar Séparatiste. Un énorme navire de transport est déjà prêt pour embarquer la cargaison illégale de Bitt Panith. Pour l'instant, aucun signe des terribles gardes Magna, qui sont sans doute déjà à bord.

— J'ai de quoi envoyer ce vaisseau dans une autre galaxie si vous m'en donnez l'ordre, explique Lex.

— Allez-y, Sergent. Je m'occupe de monter la garde avec Jaylen.

Le clone hoche la tête et se glisse sous le vaisseau pour placer les charges explosives.

— R3, je veux que tu désactives le système de sécurité pour que…

Tu t'aperçois soudain que ton astromech s'est éloigné et est en train de monter à bord du vaisseau de Panith !

— R3, reviens ici, stupide droïde !

— BIP BLIP BI-DIP !

— Comment ça, nous devons monter à bord ? Nous devons détruire ce vaisseau ! hurles-tu. Viens ici !

Trop tard, R3-G0 est à l'intérieur.

Choisis ton destin...

Si tu décides de suivre R3-GO, va au 18.

Si tu préfères continuer selon ton plan et préparer les explosifs, rendez-vous au 24.

77

— Criminel ou pas, on est dans le même bateau, dis-tu à Jaylen. On réfléchira au problème de Goomi après l'arrestation de Crovan.

Tu actives ton sabre laser et avances dans le campement.

— Rends-toi, Crovan, tu es cerné ! lances-tu.

Crovan et Tahnchukka lèvent les mains en l'air. C'est trop facile !

— Très bien, Goomi. Tu peux dire à ton Maître que le Conseil des Jedi va s'occuper de Crovan.

Goomi se gratte le menton.

— Pas si vite, Jedi. Maître Ziro a besoin de son argent. Nous allons livrer ce chargement sur Akoshissss et récupérer l'argent d'abord.

— Mais on est venus ici pour empêcher Crovan d'effectuer cette livraison !

Goomi se tourne vers toi, un blaster étourdissant à la main.

— C'est moi qui commande maintenant, Jedi ! lâche-t-il en pressant la détente.

Va au 102.

— Maître Yoda m'a toujours dit que j'avais un don pour la diplomatie, expliques-tu. Je devrais me rendre sur Trandosha.

— Dans ce cas, tu dois partir au plus tôt, répond ton Maître. Sois prudent, Padawan. Tu ne dois pas faire confiance aux Trandoshans. Que la Force soit avec toi.

Tu retournes à ton vaisseau en pensant à ton amie Ahsoka Tano. A-t-elle autant voyagé lors de sa première mission ? Dans quel genre d'aventure est-elle embarquée avec son nouveau Maître, Anakin Skywalker ? Tu es pressé que ta mission se termine pour rentrer sur Coruscant, et discuter avec elle.

Le voyage entre Akoshissss et Trandosha est rapide. Mais à peine es-tu entré dans la zone spatiale Trandoshan que tu reçois une transmission des plus menaçantes.

— Chien de la République ! Expliquez-nous ce que vous faites sur Trandosha ou bien nous ferons exploser votre vaisseau !

— Pas très chaleureux comme accueil, n'est-ce pas, R3 ? lances-tu à ton droïde.

Grâce à ton entraînement, tu sais garder ton calme face à une telle menace. Les mots du Trandoshan sont durs, mais c'est la peur qui les motive, pas la force. Tu dois être fort si tu veux réussir, comme te l'a demandé Maître Eerin.

— Salutations. Je viens de la part du Conseil des Jedi pour parler à votre chef. Nous avons besoin de ses conseils.

Le Trandoshan reste silencieux un long moment avant de répondre.

— Les Jedi ont besoin de nos conseils ? Gniark, gniark ! Très bien. Sssa majessste, le Chef de Guerre va vous recevoir.

C'est plutôt bien parti !

Va au 5.

Tu poses ta main sur l'épaule de Jaylen en secouant la tête.

— Je n'ai aucune envie de prendre part à ce combat, murmures-tu.

Crovan reprend la parole dès qu'il est certain que personne ne viendra aider Goomi.

— Des Jedi, c'est ça ? Dis-moi… Ils sont invisibles ?

Goomi comprend qu'il est en danger et commence à transpirer.

— Ils… ils seront là dans quelques minutes, et v-vous allez regretter de vous en être pris à un Hutt !

Crovan hoche la tête vers le Wookie qui l'accompagne.

— On va prendre le risque !

Les deux trafiquants ouvrent le feu sur le reptile à la peau bleue. Goomi bondit derrière un tronc de wroshyr en esquivant les tirs et riposte. Il touche Crovan à l'épaule, qui hurle de douleur.

Tahnchukka émet un grognement furieux et fonce droit sur Goomi. Il l'assomme d'un coup de crosse avant que celui-ci n'ait le temps de réagir.

Tandis que tu observes le Wookie retourner vers son ami blessé, tu ressens de la compassion pour cet homme que tu es venu arrêter. Il est peut-être possible d'éviter que cette mission ne se termine en bain de sang.

— Ça va aller, Tank. Prépare le vaisseau pour que nous puissions livrer ces cages à Bitt Panith et être payés, dit Crovan. Goomi n'est pas le premier tueur que nous envoie Ziro le Hutt, et ce ne sera pas le dernier.

Tu sors de ta cachette et approches de ta cible affaiblie.

— J'ai peur de ne pas pouvoir vous laisser faire, lances-tu.

Rends-toi au 11.

Il n'y a plus personne dans la pièce, à part un Ortolan qui garde les cellules. Avec ses grandes oreilles bleues et ses petits yeux, il n'a pas l'air très résistant. Tu n'as encore jamais tenté une manipulation mentale Jedi en conditions réelles, mais c'est le moment ou jamais.

— Vous allez ouvrir ma cellule et me libérer, annonces-tu avec la plus grande conviction possible.

— Je vais ouvrir votre cellule et vous libérer, répète l'Ortolan.

Ça a marché, tu es libre !

Choisis ton destin...

Si tu décides de partir à la recherche de Jaylen, va au 54.

Si tu préfères essayer de t'échapper du complexe, rends-toi au 58.

Si veux tenter de lancer un message d'alerte, va au 6.

81

Tu suis Maître Eerin et poses ton vaisseau sur Akoshissss à une centaine de mètres du complexe secret des Séparatistes.

La lune est aride, sous une atmosphère fine, et la température très basse. Un être humain normal aurait du mal à survivre ici, mais grâce à ton entraînement de Jedi, tu ne ressens aucune difficulté.

Bant Eerin vous explique la situation, à Jaylen et toi.

— Comme je le disais avant ma course-poursuite avec le chasseur de primes, notre mission est d'arrêter le Docteur Bitt Panith, un dangereux scientifique. Selon nos espions, il travaille sur un nouveau cyborg qu'il veut utiliser contre les Jedi.

— Que pouvons-nous faire pour vous aider, Maître Eerin ? demandes-tu.

— Panith ne s'attend pas à nous voir. Il est plus prudent que je m'infiltre seule dans le complexe. Vous resterez ici jusqu'à mon retour.

— Mais, Maître Eerin, protestes-tu, je serais bien plus utile à vos côtés !

Bant Eerin secoue la tête.

— Je suis désolée, Padawan. Je ne peux pas prendre le risque de laisser ton jeune ami seul ici, et je ne peux pas l'emmener avec moi. Reste ici et attends-moi.

Bant Eerin pose la main sur ton épaule.

— Ne t'en fais pas, il y aura d'autres missions.

Tandis qu'elle fonce silencieusement vers le laboratoire secret, Jaylen et toi vous préparez à une longue attente.

Tu es à la fois en colère contre ton meilleur ami parce qu'à cause de lui, tu n'es pas avec Bant Eerin pour ta première mission, mais tu sais aussi que, sans son aide, tu n'aurais peut-être pas survécu assez longtemps pour rencontrer ton Maître.

Vous restez muets et évitez de vous regarder, lorsque Jaylen brise soudain le silence.

— Là-bas ! Un vaisseau est en train d'atterrir !

Va au 87.

— Tu sais combien d'argent tu viens de me faire perdre, gamin ? gronde Crovan. Nous avons mis des semaines à capturer toutes ces bêtes ! Nous ne pourrons jamais les récupérer à temps pour les livrer à Bitt Panith.

Tu souris au mercenaire.

— De toute façon, tu n'aurais jamais été payé, Crovan. Mon Maître est en route pour arrêter le Docteur Panith en ce moment. Si tu veux vivre, tu ferais mieux de te rendre maintenant. Tu seras jugé pour avoir trahi la République.

— Des Jedi, hein ? siffle Crovan. Allez, Tank ! Montrons à ces intrus ce que nous pensons des Jedi !

Crovan pointe son arme sur toi et s'apprête à tirer lorsque, soudain, un monstrueux rugissement retentit au-dessus de lui. Une énorme mâchoire l'attrape par la tête ! C'est un Terentatek, un monstre terrifiant, aussi gigantesque qu'un Rancor. Il devait se trouver dans le gros caisson que tu as ouvert ! Tu fermes les yeux tandis que la bête avale Crovan tout entier.

Tahnchukka ouvre le feu pour venger son associé mais les tirs de laser rebondissent sur le cuir robuste de l'animal, qui est de plus en plus énervé ! Le Wookie s'enfuit dans les bois, poursuivi par le Terentatek géant.

— Tu crois qu'il va s'en sortir ? demande Jaylen.

— Je n'en sais rien. Mais je préfère ne pas rester ici, au cas où ce monstre reviendrait !

Tu fonces dans le navire de Crovan pour libérer Sunchoo et les autres prisonniers Wookies.

— Retournons à notre vaisseau pour faire part à Maître Eerin de notre succès, annonces-tu.

— J'ai une meilleure idée, répond Sunchoo. Suivez-moi !

Rends-toi au 65.

— Très bien, soldat, répliques-tu. Faisons ça à votre manière.

Le Sergent Troy grogne.

— Bonne décision, le bleu. Maintenant, suivez-moi.

Les droïdes destroyers se rapprochent et le Sergent Troy recule vers le bouclier en s'éloignant du générateur.

— Mais qu'est-ce que vous faites ? t'exclames-tu. C'est la mauvaise direction !

— Taisez-vous et observez, lâche le Sergent d'un ton sec, en envoyant une rafale de tirs.

Une fois dos au bouclier, le Sergent hurle :

— Maintenant !

Tu le suis tandis qu'il repasse à travers le bouclier. Les droïdes destroyers font de même, mais leur bouclier protecteur se coupe pendant quelques instants quand ils traversent le bouclier géant. Le Sergent Troy en profite pour envoyer une charge explosive sur les droïdes qui ne sont plus protégés. Les droïdes destroyers explosent en mille morceaux ! Troy te tend de nouveaux explosifs.

— Tenez. Placez ça autour du générateur. Je vous couvre.

Tu hoches la tête et fonces aussi vite que possible. Tu entailles le générateur à l'aide de ton sabre laser et y places les explosifs avant de te retirer en courant.

Le générateur est désintégré et le bouclier de protection se coupe !

Va au 15.

Lorsque tu rentres au Temple Jedi, tu n'es pas le seul Padawan à revenir de sa première mission.

— Ahsoka, c'est toi ? lances-tu en reconnaissant le visage de ton amie. Tu ne croiras jamais ce qui nous est arrivé avec Jaylen !

Ahsoka Tano sourit en vous voyant tous les deux.

— Un bébé Hutt m'a vomi dessus, alors je m'attends à tout… C'est une longue histoire, ajoute-t-elle en voyant vos regards intrigués.

Jaylen est nerveux.

— Le Conseil veut me voir. Après mes exploits, je ne serais pas étonné qu'ils me renvoient de l'Académie.

Tu secoues la tête.

— Ils perdraient un excellent Jedi.

— Avant d'y aller, je voulais te remercier de m'avoir emmené dans le laboratoire de Panith. Tu n'étais pas obligé, mais tu l'as fait. Peu importe ce qu'il se passera demain, on aura toujours ce souvenir commun.

Ton ami s'éloigne pour se rendre au Conseil des Jedi et affronter son destin, et tu prends quelques instants pour réfléchir à ton avenir. Ta vie de Jedi n'en est qu'à son commencement mais tu es impatient de continuer, aux côtés de Bant Eerin pour apprendre ce que sont l'honneur, la justice et la sagesse d'un grand Maître Jedi.

Mais avant de partir pour ta nouvelle mission, il te reste quelques affaires à régler.

— Tu m'accompagnes dans la salle de réparation ? demandes-tu à Ahsoka. Mon brave petit astromech a besoin d'une intervention.

85

À votre arrivée sur Coruscant, Crovan Dane et Tahnchukka sont traités comme les invités des Jedi, mais tu sais très bien que tant que le Conseil n'aura pas rendu de jugement, ils ne seront pas libres de partir. Et ils le savent aussi. Les trafiquants n'ont plus l'air aussi menaçant, depuis qu'ils se sont lavés et ont changé de vêtements.

Tu te présentes devant le Conseil quelques jours plus tard. Bant Eerin, ton nouveau Maître, se tient fièrement derrière toi.

— Trouvé Crovan Dane, tu as. À ce que tu le ramènes ici, nous ne nous attendions pas, commence Yoda.

— Maître Yoda, Crovan s'est montré très coopératif, réponds-tu. J'ai senti quelque chose de bon en lui. Je l'ai convaincu de relâcher la cargaison qu'il devait livrer aux Séparatistes en lui promettant que nous le protégerions de Ziro le Hutt.

Yoda échange quelques regards avec les autres Jedi du Conseil avant de répondre.

— Une menace, Ziro n'est plus. En sécurité, Crovan Dane se trouve.

— Merci, Maître Yoda.

— Cependant, les ennemis de la République, Crovan a aidé. S'expliquer, il devra. Tu ne veux pas que Crovan soit puni...

— Maître Yoda, Crovan pourrait peut-être mettre ses compétences uniques au service de la République ?

Yoda acquiesce. Crovan et Tahnchukka resteront libres. Mais en échange, ils devront accomplir un travail de livreur pour la République.

Maître Bant Eerin te prend à part, alors que tu t'apprêtes à sortir de la salle du Conseil.

— Excellent travail, Padawan. Tu as fait d'une défaite potentielle une double victoire. Je te prédis un grand avenir.

— Merci, Maître. Je suis impatient de connaître ma nouvelle mission !

La surface d'Akoshissss est constellée de rayons laser. Droïdes et super droïdes de combat avancent sur le champ de bataille par centaines, tandis que des droïdes araignées les enjambent. Bien que les forces soient déséquilibrées, tes clones chargent courageusement. Tu es à la pointe de l'attaque, en tant que Commandant Padawan.

Tu utilises avec habileté ton sabre pour dévier les tirs de laser et les renvoyer sur les droïdes. Lorsqu'ils sont trop proches, tu les envoies en l'air en te servant de la Force. Ton entraînement de Jedi et l'excitation te donnent l'impression d'être invincible !

Les clones te suivent au combat, tous, même le Sergent Troy donne du sien. Tu observes un AT-TE se débarrasser tout seul d'un droïde araignée. Depuis les collines au-dessus du champ de bataille, les clones éliminent des super droïdes de combat grâce à des armes longue portée. À ce rythme, tout sera fini avant que tu aies le temps de dire ouf !

— Trente secondes avant le bombardement, annonce un des clones Commandant.

Soudain, une ligne de missiles sortis de

nulle part fonce vers les AT-TE. L'un d'entre eux explose presque immédiatement.

Des droïdes motorisés arrivent de derrière les lignes ennemies.

— Là-bas ! crie le Sergent dans son émetteur. Ils sont trop rapides pour nos tanks !

Une nouvelle série de missiles vient détruire un AT-TE. Si ça continue, ta victoire va se transformer en défaite !

Choisis ton destin...

Si tu veux que les AT-TE continuent à viser le générateur de bouclier, va au 91.

Si tu préfères qu'ils concentrent leurs tirs sur les droïdes motorisés, rends-toi au 10.

87

Tu prends tes jumelles électroniques pour observer le vaisseau que Jaylen a repéré. D'après ses insignes, on dirait un navire de la Confédération.

Tout en regardant le vaisseau approcher de la surface de la lune, tu remarques quelque chose de très intéressant. Le laboratoire de Bitt Panith possède une entrée secrète.

— J'ai un mauvais pressentiment, dis-tu. Et si jamais ce vaisseau amenait des renforts ? Maître Eerin pourrait avoir de sérieux ennuis.

— Tu as entendu ce qu'elle a dit. Nous sommes trop jeunes pour le travail d'un vrai Jedi, souffle Jaylen.

L'engin de la Confédération s'est posé et abaisse une rampe d'accès pour que quelqu'un sorte. Tu zoomes et distingues un être pâle à la peau ornée de tatouages noirs qui porte une longue robe sombre. Il a aussi une paire de sabres laser à sa ceinture.

— C'est Asajj Ventress ! t'écries-tu. L'assassin personnel du Comte Dooku.

Jaylen et toi vous sentez soudain moins tristes d'avoir été laissés de côté, et vous ressentez quelque chose de nouveau. Maître Yoda t'a un jour enseigné qu'un Jedi devait ignorer la peur, mais il ne pouvait pas prévoir que tu rencontrerais l'un des plus dangereux ennemis de la République dès ta première mission !

— Que devons-nous faire ? t'interroge Jaylen.

Choisis ton destin...

Si tu décides de rester au vaisseau en attendant Maître Eerin, va au 2.

Si tu veux partir à la rencontre de Ventress, rends-toi au 59.

Si au contraire, tu préfères que Ventress entre dans le laboratoire de Panith parce que tu as une idée, va au 107.

— À mon oreille, la Force a parlé. Un Padawan, j'ai choisi, annonce Yoda. Avance, Jaylen Kos.

Ce n'est vraiment pas ton jour. D'abord Ahsoka, et maintenant Jaylen. Tu seras bientôt le dernier de ton clan à ne pas partir combattre pendant la Guerre des Clones. Mais… Yoda n'a pas terminé…

— Jaylen Kos, un courageux Jedi, tu deviendras… mais pas maintenant, continue Yoda en fronçant les sourcils. Colérique, tu es. Face au danger, sans réfléchir tu fonces. Te contrôler tu dois apprendre avant de partir en mission.

La réponse de Jaylen ne se fait pas attendre. Son visage devient rouge.

— Mais, Maître Yoda, je suis prêt ! Je vous le jure ! Je peux vous le prouver !

Jaylen s'enfuit du jardin avant que tu aies le temps de dire quoi que ce soit, et Yoda secoue la tête, comme un père découragé. Mais, si Jaylen n'est pas le nouveau Padawan, alors…

Yoda lève la main vers toi.

— Le Padawan de Bant Eerin, tu seras.

— Maître Yoda, quand pourrais-je rencontrer Maître Eerin ? demandes-tu.

— Déjà partie en mission, elle est. Suis-la. Un résumé de la situation, elle te fera. Partir pour le système Kashyyyk immédiatement, tu dois.

Ça y est, te voilà enfin Padawan.

— Merci, Maître Yoda. Je ne vous décevrai pas.

Yoda te regarde gravement, comme pour te faire comprendre l'importance de ta promesse.

— Hum… Nous verrons. Que la Force soit avec toi.

Va au 33.

89

La recherche de Cro-van Dane devra attendre. Si tu refuses d'aider Grakchawwaa, tu risques de détériorer les relations entre les Wookies et l'Ordre Jedi. Tu ne peux pas prendre ce risque. Lorsque les Wookies sont à vos côtés, ils sont de précieux alliés, mais si jamais ils deviennent vos ennemis… ce sont de redoutables combattants !

— Puissant Grakchawwaa. Nous allons bien entendu vous aider à résoudre cette importante affaire, le rassures-tu. Je vous envoie des renforts afin d'en finir avec ces traîtres.

Ton discours semble avoir convaincu le roi Wookie.

— Je suis ravi de voir que les Jedi continuent d'honorer notre amitié, grogne-t-il en langage Shyriiwook. Je ne peux pas me joindre à vous, mais un de mes plus valeureux guerriers vous accompagnera. Chewbacca, viens !

Un imposant Wookie au poil brun sort de la foule et te jauge du regard.

— Chewbacca vous guidera jusqu'à la forteresse de ce traître de Guaagan. Il s'est déjà battu contre les armées droïdes et vous sera très utile pendant votre mission.

Un Wookie garde du corps et guide personnel. Quelle chance ! Ce Quaagan qui aurait des liens avec les Séparatistes a l'air dangereux... Chewbacca te permettra peut-être de sortir vivant de cette mission !

— Merci, votre majesté. Les Jedi ne vous décevront pas !

Jaylen et toi saluez le Roi, puis vous retournez à votre vaisseau en compagnie de Chewbacca pour faire votre rapport à Maître Eerin.

Va au 31.

Asajj Ventress attaque avec une sauvagerie renouvelée. Maître Eerin et toi devez vous éloigner du caisson.

— Vous ne gagnerez pas ce combat, Jedi, lance l'assassin en souriant. Dès que j'aurai livré l'arme de Panith au Comte Dooku, ce sera terminé pour les Jedi !

— Vous parlez de cette boîte qui va se faire aplatir comme une crêpe ? répliques-tu.

— Quoi ?!

Ventress fait volte-face et aperçoit ton chasseur Jedi qui stationne au-dessus du caisson. Jaylen te fait signe depuis le vaisseau tout en coupant les rétrofusées pour venir écraser le caisson et les droïdes qui le portaient.

La mission de Ventress a échoué. Elle regagne son vaisseau en hurlant.

— Ce n'est pas terminé, Jedi !

Elle va s'enfuir ! Tu t'apprêtes à te lancer à sa poursuite, mais Bant Eerin t'arrête.

— Laisse-la partir, Padawan. Nous avons réussi notre mission. Il ne faut pas gâcher cette victoire en sacrifiant ta vie.

Bant Eerin et toi, Maître et apprenti, observez Ventress, vaincue, s'éloigner d'Akoshissss.

— Vous croyez que nous la reverrons ?

— J'en suis sûre, Padawan, répond Eerin. Et la prochaine fois, elle ne s'en tirera pas aussi facilement !

91

Tu aperçois au loin un droïde de combat à bord d'un STAP. En un clin d'œil, tu fonces vers l'engin volant et bondis dans les airs pour retomber derrière le pilote.

Grâce à l'habileté dont seuls les Jedi font preuve, tu parviens à te débarrasser du pilote droïde et à prendre le contrôle du STAP en un seul geste.

Tu es beaucoup plus rapide que les droïdes motorisés. C'est vrai qu'ils sont suffisamment équipés pour abattre une armée entière, mais tu as un avantage qu'aucune arme ne peut vaincre. La Force est avec toi !

Tu te faufiles entre les ennemis et fonces vers les droïdes motorisés. Les lasers de ton engin ne sont pas de taille face au blindage des droïdes motorisés mais tu as un plan pour te débarrasser d'eux.

Tu attends la dernière seconde pour sauter de ton STAP, qui finit sa course sur un droïde motorisé, faisant autant de dégâts qu'un véritable missile.

Un de moins ! L'autre droïde motorisé se tourne et te vise. Tu utilises la Force pour projeter un droïde de combat sur le droïde motorisé au moment où il tire, ce qui les fait exploser tous les deux.

Les deux droïdes motorisés sont neutralisés, et les AT-TE n'ont aucun mal à s'occuper du générateur de bouclier. Tu entends soudain la voix familière d'un clone dans ton récepteur tandis que les puissants vaisseaux de guerre de la République passent au-dessus de ta tête.

— Joli travail, Commandant, lance le Capitaine Herc. Nous allons pouvoir prendre le relais.

Les quelques droïdes restants ne sont pas un problème pour les vaisseaux de guerre de la République.

Tu as gagné !

Va au 56.

Tu suis Jaylen à travers le spatioport bondé, puis le long des escaliers de bois du village Wookie.

— Jaylen, ralentis ! t'écries-tu. Il faut que je te parle !

Mais ton ami t'ignore et continue d'accélérer. Tu passes par un marché et manques de percuter une charrette de fruits dans ta course.

— Pardon ! lances-tu au marchand sans t'arrêter.

Tu es rapide mais Jaylen l'est encore plus. S'il ne fait pas de pause, tu ne vas pas tenir longtemps.

Jaylen emprunte un escalier qui mène vers le sol de la forêt. Tu quittes la sécurité du village Wookie et pénètres dans la forêt d'arbres wroshyr. Jaylen ne ralentit pas.

— S'il te plaît, Jaylen, arrête-toi !

Pas de réponse. Tu l'as complètement perdu de vue. La forêt est tellement dense que tu ne pourrais pas voir ton ami à un mètre de toi. Si tu avances encore, tu risques de te perdre. Il vaut peut-être mieux que tu fasses marche arrière et que tu laisses Jaylen faire ce qu'il veut.

Tu entends soudain un bruit dans les buissons, et tu t'approches doucement.

— Jaylen, c'est toi ?

Une bête de la taille d'un tigre surgit tout à coup et atterrit sur ta poitrine. Tu tombes en arrière.

Tu saisis aussitôt ton sabre laser, mais l'animal te désarme d'un coup de patte. Il ouvre sa gueule aux dents acérées et tu sens une odeur de viande pourrie qui émane de sa gueule. À moins d'un miracle, tu seras bientôt dans son ventre toi aussi !

Va au 95.

Lorsque tu entres dans le restaurant avec Jaylen, tout le monde se retourne pour vous dévisager. La clientèle se compose de Wookies exilés, de marchands clandestins et de quelques chasseurs de primes. Jaylen et toi êtes discrets comme deux Tauntaunts en plein désert.

— Il peut changer d'apparence, c'est ça ? murmures-tu à Jaylen. Goomi pourrait être n'importe lequel de ces hommes. Par où on commence ?

— Hum… je pense qu'il nous a trouvés ! chuchote Jaylen dans ton dos.

Tu pivotes pour faire face à ton ami et tu as soudain l'impression de voir double. Il y a deux Jaylen parfaitement identiques devant toi ! Tu as bien trouvé Goomi, mais il y a maintenant un nouveau problème.

— Lequel de vous deux est Jaylen ? demandes-tu.

— Moi ! répondent-ils à l'unisson.

— Ne l'écoute pas, insiste celui de gauche. Goomi, c'est l'autre. Il essaye de t'avoir !

— Non, c'est faux ! C'est lui, Goomi ! rétorque le Jaylen de droite.

Tu vas devoir trouver une technique logique. Si tu poses une question dont seul le vrai Jaylen peut connaître la réponse, il devrait être facile de reconnaître ton ami.

— Écoutez-moi, tous les deux. Depuis combien de temps est-ce qu'on est amis ?

Le Jaylen de gauche répond aussitôt :

— C'est trop facile. On se connaît depuis le premier jour où on s'est rencontrés au Temple Jedi !

Mais celui de droite a une autre réponse.

— On se connaît depuis le premier cours de sabre laser où on a fait équipe. Ne me dis pas que tu as oublié ?

Choisis ton destin...

Tu connais la réponse, bien sûr. Le vrai Jaylen est...

Si tu penses que le vrai Jaylen est celui de gauche, va au 72.

Si au contraire tu crois que ton ami est celui de droite, rends-toi au 75.

94

— Tu as raison, Jaylen, dis-tu, on doit retrouver Maître Eerin. Elle allait se poser lorsque la transmission a été coupée.

Plus tu t'approches du laboratoire secret d'Akoshissss, plus tu te rends compte que cette lune n'est pas aussi déserte qu'elle en a l'air. Le laboratoire lui-même est entouré d'un bouclier de protection que tu ne passeras jamais, même avec les canons laser de ton vaisseau.

Mais il y a plus inquiétant : des centaines de droïdes montent la garde autour du complexe ! C'est une mission pour une armée de clones, pas pour un Padawan !

Tu entends soudain un bruit perçant, et ton vaisseau se met à trembler.

— Dis-moi qu'on entre juste dans une petite zone de turbulence, s'il te plaît ? dit Jaylen, effrayé.

— Non, ou alors c'est une turbulence équipée de canons laser, répliques-tu en jetant un œil à ton écran de contrôle. Des vaisseaux nous ont pris en chasse !

Tu slalomes pour éviter les rafales de tirs des chasseurs droïdes.

— Je crois que je vais être malade ! gémit Jaylen, secoué dans tous les sens.

Les choses se compliquent. Malgré tes manœuvres, tu n'as pas réussi à semer les vaisseaux.

— Ça s'annonce mal. Un autre vaisseau arrive !

L'ombre du gigantesque navire enveloppe votre petit chasseur et vous vous attendez au pire…

Va au 40.

La créature s'apprête à mordre, lorsque tu entends soudain une voix familière.

— Nooon ! crie Jaylen, en envoyant un coup de pied dans la tête du monstre, qui s'effondre.

Tu savais bien que ton meilleur ami ne t'abandonnerait pas !

Tu récupères ton sabre laser en te servant de la Force et tu l'actives, illuminant la forêt d'un vert fluorescent. Jaylen active son arme et te rejoint.

— Ce n'est pas parce que je t'ai sauvé la vie que tout est oublié. J'en ai assez de l'Ordre des Jedi.

— Comme tu voudras, lâches-tu. Nous parlerons de ça une fois débarrassés de ce monstre.

Vous avancez vers la bête qui n'a pas l'air décidée à reculer malgré votre avantage numérique. Une voix inconnue résonne soudain derrière vous.

— Auriez-vous la gentillesse de poser vos armes et de vous éloigner de ma cargaison ?

Jaylen et toi faites volte-face et vous retrouvez face à face avec un mercenaire humain aux cheveux grisonnants. Il pointe une arme sur vous.

— Qui êtes-vous ? demandes-tu.

— Je suis Crovan Dane, le plus grand chasseur de toute la Galaxie. Cette créature est ma proie.

C'est un signe du destin ! Le hasard vous a menés droit à votre cible. La Force est peut-être de ton côté finalement !

Va au 108.

— Je suis désolé mais nous ne sommes pas intéressés, expliques-tu au Toydarien, qui s'éloigne en voletant. Jaylen, on doit faire quelque chose à propos de ce Neimoidien. La Fédération du Commerce n'a pas d'autorité légale ici, et cette Wookie n'a visiblement pas envie de le suivre.

— D'accord ! Montrons à ces gardes Magna comment se battent les Jedi, réplique Jaylen.

— Attends ! J'ai un plan. On n'utilisera nos sabres laser que si on n'a plus le choix. Suis-moi.

Tu rejettes ta capuche en arrière, laissant voir ta tresse de Padawan. Vous vous approchez tranquillement des Séparatistes, comme des Jedi. Les marchands sentent qu'il se passe quelque chose et s'éloignent du vaisseau Neimoidien. En tout cas, il n'y aura pas d'effet de surprise !

— Tiens, tiens. Regardez qui est là ! siffle le Neimoidien.

— Kashyyyk est sous la protection de la République, lances-tu d'un air sévère. Libérez cette Wookie ou nous vous arrêterons.

— Deux bébés Jedi qui osent me menacer,

moi ? Le grand Gama Bankor ? Attention, il pourrait vous arriver des bricoles...

Les gardes Magna du Neimoidien font un pas en avant, menaçants.

— Dégagez, gamins, et j'oublierai votre provocation.

Jaylen devient rouge de colère.

— Qui appelez-vous « gamins » ?

Si tu n'interviens pas pour calmer ton ami, ça finira certainement par un combat... que vous n'êtes pas sûrs de gagner.

— Attendez ! cries-tu.

Rends-toi au 52.

Une fois que vous êtes à l'abri dans votre vaisseau, Jaylen et toi surveillez à tour de rôle l'entrée secrète, guettant le retour de Ventress.

— Je vois quelque chose ! s'exclame soudain Jaylen, le visage collé à ses jumelles. Il y a Ventress avec… un vieil homme. C'est peut-être Panith ! Ils ont… oh… ils emmènent un… un monstre ?

— Quoi ? demandes-tu avec impatience, avant de prendre les jumelles. Je pense que c'est le cyborg…

L'horrible chose se dirige vers le vaisseau de Ventress. Celle-ci active soudain son sabre laser.

— Je dois te tuer, Panith. Tu es trop dangereux ! rugit-elle en levant son arme.

— Qu'est-ce que vous faites ? Je suis un ami de…, hurle Panith sans comprendre, avant que Ventress ne l'abatte.

Le cyborg s'arrête immédiatement de marcher et se tourne vers Ventress comme pour l'attaquer. Elle lève son sabre laser pour frapper, mais il s'éteint en faisant quelques étincelles.

— Qu'est-ce qui arrive à son sabre ? demande Jaylen.

— Quelque chose ne tourne pas rond ici... On doit aller voir ! lances-tu en te relevant. Il faut trouver Maître Eerin, et vite !

Alors que vous courez vers elle, vous voyez Ventress qui tente de maîtriser le cyborg à mains nues.

— On dirait qu'elle n'arrive pas à utiliser la Force ! s'écrie Jaylen derrière toi.

Ventress entend la voix de Jaylen, et tourne la tête vers vous, comme si elle vous avait entendus. D'un bond elle s'éloigne du cyborg, fonce vers vous... et vous dépasse sans s'arrêter !

— Qu'est-ce qu'elle fait ? Où est-ce qu'elle va ?

Vous observez l'assassin de Dooku grimper dans le vaisseau de Bant Eerin pour s'échapper.

— Elle vole le vaisseau de Maître Eerin ! Attrapons-la ! Il ne faut pas qu'elle s'échappe ! s'écrie Jaylen, en colère.

— Mais on ne peut pas laisser le cyborg comme ça, il pourrait attaquer Maître Eerin ! répliques-tu.

Choisis ton destin...

Si tu veux te lancer à la poursuite de Ventress, rends-toi au 27.
Si tu choisis de rester pour en finir avec le cyborg, va au 48.

Lorsque tu rejoins Maître Eerin sur Akoshissss, la bataille est terminée. Les forces droïdes ont été anéanties et Bith Panith est prisonnier. La mission est un succès et il est temps de retourner sur Coruscant.

À peine arrivé au Temple Jedi, tu tombes sur ton amie, Ahsoka Tano. La jeune fille revient juste de Tatooine avec Obi-Wan Kenobi et Anakin Skywalker.

— Tu ne croiras jamais ce qui m'est arrivé, commence-t-elle. Maître Skywalker et moi nous sommes battus contre un Rancor et Asajj Ventress en même temps ! Et j'ai aussi vu un bébé Hutt très mignon. Enfin, pour un Hutt. Une sacrée aventure ! Et toi, ta première mission s'est bien passée ? On m'a dit que le combat était génial.

— Et bien, en fait… je n'ai pas vu le combat, réponds-tu.

Après le récit d'Ahsoka, ton voyage sur Trandosha n'a plus beaucoup d'intérêt.

— Tu es donc le nouveau Padawan de Bant Eerin, lance une voix derrière toi. Ma vieille amie m'a vanté tes talents de négociateur.

Tu te retournes et tombes nez à nez avec

Obi-Wan Kenobi !

— M-Maître Kenobi ! balbuties-tu. Je n'ai pas fait grand-chose. J'ai simplement parlé…

Obi-Wan pose la main sur ton épaule et sourit.

— Parler est une des choses les plus difficiles à faire pour un Jedi. Se servir d'un sabre laser, c'est facile ! Je vais te raconter une histoire à propos d'une de mes premières missions avec mon ancien Maître, Qui-Gon Jinn. Nous étions en route vers le système Rutan pour négocier la paix entre les Rutaniens et les Senalis…

En écoutant Maître Kenobi, tu te dis que ce n'est pas si mal d'être diplomate !

Lorsque vous arrivez dans les jardins de Méditation du Temple Jedi, Yoda vous attend déjà.

— Approchez-vous, initiés.

Vous avancez vers le petit Maître Jedi. On dirait qu'il cherche à lire dans vos pensées.

— Sans Padawan, Maître Eerin se trouve. Un excellent mentor, elle sera. De l'un de vous, son Padawan, je ferai.

Tu échanges un regard nerveux avec Jaylen. Ainsi Yoda veut nommer un Padawan… Mais qui ?

Yoda ferme les yeux.

— Très similaires, vos deux cœurs sont. Difficile, le choix est, explique Yoda avant d'ouvrir les yeux en soupirant. Hum… un dernier test, vous devez faire. Voir si la Force ne fait qu'un avec votre cœur, nous allons. Concentrez-vous...

Pense à un nombre entre 1 et 10. Multiplie-le par 2 et ajoute 20. Ensuite, divise le chiffre par 2, et retire le chiffre que tu avais choisi. Pour finir, ajoute 78. Rends-toi au numéro de chapitre correspondant pour savoir si ton cœur ne fait qu'un avec la Force.

100

Maître Eerin se relève lentement du coup reçu pendant l'assaut du monstre. Elle vous lance un regard mécontent.

— Je pensais vous avoir dit de m'attendre au vaisseau. Il faut de la discipline et du courage pour devenir un Jedi..., explique-t-elle, avant de sourire. Je vois que vous n'êtes pas très disciplinés, mais très courageux !

— Désolé, Maître Eerin, réponds-tu d'un air penaud. C'était mon idée. Jaylen a juste obéi à mes ordres.

— Je vais devoir te surveiller de près, jeune initié, continue Eerin, toujours avec le sourire. Je ne sais pas si le Conseil des Jedi tolérera un nouveau Padawan rebelle, après Maître Skywalker. Mais nous verrons bien.

Vous observez tous les trois la bête affreuse qui gît à côté de son créateur, Bitt Panith.

— Notre mission est terminée, jeunes initiés. Retournons sur Coruscant pour faire notre rapport au Conseil des Jedi.

— Au fait, Maître Eerin, commences-tu d'un ton hésitant. Je voulais vous dire quelque chose à propos de votre vaisseau...

Fin

Tu secoues la tête.

— Pas question, Jaylen. C'est justement parce que je suis ton ami que je n'ai pas le droit de te laisser rejoindre cet horrible criminel.

On dirait que tes paroles ont fait leur effet, car Jaylen baisse la tête, honteux.

Crovan Dane est lui aussi surpris par ta décision. Il pointe son arme vers toi, très en colère.

— Mauvaise réponse, gamin.

Le mercenaire s'apprête à appuyer sur la détente, mais Jaylen active son sabre laser et tranche le canon de l'arme en deux.

— Non, lance-t-il en se tournant vers toi. C'était la bonne réponse. Je suis désolé d'avoir été aussi idiot. J'ai sans doute gâché mes chances de devenir un Jedi, mais je ne trahirai jamais mon meilleur ami.

Tu souris à Jaylen.

— Tout le monde fait des erreurs, réponds-tu en activant ton sabre laser. Que dirais-tu d'arrêter ce trafiquant et son associé pour les ramener sur Coruscant ?

— Allons-y ! acquiesce Jaylen.

Crovan Dane et Tahnchukka ne vous résistent pas longtemps. Vous les suivez jusqu'à leur campement, où vous découvrez des dizaines de cages remplies d'animaux dangereux. Les braconniers avaient prévu de les vendre au Docteur Panith sur Akoshissss pour ses expériences. Heureusement, vous les avez arrêtés à temps, et pouvez maintenant retourner au village Wookie.

Va au 17.

Tu es réveillé par un grand bruit. Tu te trouves à bord d'un vaisseau spatial qui pénètre l'atmosphère d'une planète. Tes mains sont attachées derrière ton dos et, à ta droite, tu aperçois Jaylen, lui aussi ligoté. C'est ce traître de Goomi qui pilote le navire.

— Ah, vous êtes réveillés ! Juste à temps pour notre arrivée sur Coruscant, lance Goomi. Maître Ziro saura quoi faire de vous. Il sait toujours quoi faire.

Goomi pénètre dans les faubourgs sombres d'une zone de Coruscant qui doit abriter le repaire du seigneur du crime, Ziro le Hutt.

Des gardes Magna vous accueillent à votre arrivée.

— Goomi, Maître Ziro veut vous voir immédiatement, annonce le garde Magna.

Goomi semble ravi. Tu ne peux pas en dire autant…

Les gardes Magna vous escortent jusqu'au bureau de Ziro. L'énorme criminel visqueux tourne en rond dans la pièce et n'a pas l'air content de vous voir.

— Maître Ziro ! Je vous ramène ces Jedi en cadeau ! Ils ont osé tenter de vous voler, explique Goomi.

Le Hutt obèse te fixe de ses yeux jaunes.

Va au 30.

Tu pilotes prudemment ton vaisseau jusqu'au cargo. Tu as un mauvais pressentiment…

Soudain, l'un des chasseurs qui semblaient désactivés s'allume et fonce sur toi ! Si tes souvenirs sont exacts, le vaisseau est un modèle Sabaoth. Déjà très dangereux au départ, celui-ci a en plus l'air d'avoir subi des modifications. Quatre canons laser, deux imposants fusils, un câble de tractage et une rangée de missiles verrouillés sur ton vaisseau, prêts à partir.

— Chasseur de primes ! hurle Jaylen.

Ton ami a sans doute raison. Après tout, tu es dans l'espace aérien Trandoshan, et cette espèce reptilienne aime la chasse autant qu'un Gungan aime l'eau. Ta puissance de feu n'est pas à la hauteur, et ta seule chance de survie est de semer le chasseur de primes.

— Laisse-moi piloter ! Tu sais que je suis meilleur que toi, te presse Jaylen. Je peux nous sortir de là.

Choisis ton destin...

Si tu veux tenter de semer le chasseur de primes toi-même, va au 57.

Si tu préfères passer les commandes à Jaylen, rends-toi au 49.

Tu ne supportes pas de voir ton ami gâcher son avenir, mais tu es déterminé à ne pas laisser sa décision mettre ta mission en danger.

— Adieu, Jaylen, murmures-tu alors qu'il disparaît dans la foule.

Tu espères qu'il reviendra un jour, mais au fond de toi, tu sais que c'est peu probable.

Pendant que tu attends l'arrivée des clones, Chewbacca te dit ce qu'il sait à propos de Quaagan, le traître Wookie. Apparemment, il a quitté le village et se cache dans une base reculée, construite à flanc de falaise. Là-bas, ses contacts Séparatistes peuvent lui envoyer du soutien sans que les Wookies loyaux au roi Grakchawwaa s'en aperçoivent.

— Que peux-tu me dire à propos des Séparatistes ? demandes-tu.

Chewbacca secoue sa tête poilue. Il ne les a pas vus lui-même, mais il sait que ceux qui travaillent avec Quaagan sont en relation directe avec le Comte Dooku. Si cette information est vraie, tu vas faire face à de dangereux individus.

Quelques heures plus tard, les renforts promis par Maître Eerin arrivent, sous la forme d'un navire de guerre. Pendant que le vaisseau approche du spatioport Wookie, tu observes de plus près l'équipe qui se trouve à l'intérieur. Il y a une dizaine de clones, triés sur le volet, et leurs armures brillent sous le soleil de l'après-midi. Et cette force de frappe est réunie sous ton commandement !

Tu montes à bord avec ton guide Wookie et vous vous présentez rapidement avant de faire un bref exposé de la situation.

— Chewbacca va nous mener jusqu'au repaire de Quaagan, expliques-tu. Nous progresserons à pied pour rester discrets. Dites aux soldats de se préparer pour un peu d'escalade.

Tu as enfin quelques minutes pour t'asseoir et te détendre en admirant les forêts verdoyantes de Kashyyyk. Mais tu ne parviens pas vraiment à te calmer, car tu penses toujours à Jaylen. Où a-t-il pu bien partir ?

Va au 3.

— Je veux vous dire quelque chose, Maître Eerin, confesses-tu. Un élève du Temple Jedi m'a accompagné dans cette mission. Il s'appelle Jaylen Kos et il est venu… sans la permission de Maître Yoda.

— Tu as emmené un initié avec toi ? demande Bant Eerin.

Même si ce n'est que l'hologramme de ton Maître, tu sens clairement son regard mécontent.

— Je ne l'ai pas vraiment emmené, continues-tu. En fait, il s'est caché à bord de mon vaisseau.

Jaylen te donne un coup de pied.

— Merci de m'en informer, Padawan. Un initié sans protection n'a pas sa place sur le champ de bataille. Jaylen Kos doit prendre ton vaisseau et retourner immédiatement sur Coruscant. Tu rentreras avec les clones lorsque la mission sera terminée. Que la Force soit avec toi.

L'hologramme de Bant Eerin disparaît et tu te tournes vers ton ami.

— Excuse-moi, Jaylen. Elle l'aurait découvert de toute façon, dis-tu en sachant que c'était la meilleure chose à faire.

— Merci beaucoup, mon vieux, s'exclame Jaylen en te montrant à quel point il se sent trahi. Maître Yoda me déteste déjà. Tu imagines les ennuis que je vais avoir en rentrant ? Je ne deviendrai jamais un Jedi !

Tu tentes de le consoler.

— Jaylen, je suis sûr que ce n'est pas aussi grave que tu le crois. Maître Yoda et les autres membres du Conseil sont très compréhensifs.

— Oui, pour les chouchous comme toi, lâche Jaylen. Laisse tomber. Je ne veux plus être un Jedi de toute façon. S'ils ne veulent pas m'entraîner, je trouverai quelqu'un d'autre pour le faire !

Jaylen part en courant à travers la foule et te laisse seul avec Chewbacca.

Choisis ton destin...

Si tu veux te lancer à la poursuite de Jaylen, va au 92.

Si tu préfères laisser partir ton ami et continuer ta mission, rends-toi au 104.

— Jaylen, tu peux nous amener juste au-dessus du cockpit de ce vaisseau, pour que je puisse voir l'intérieur ? demandes-tu.

— Je pense que oui, mais seulement pour quelques secondes.

— Ça ira.

Jaylen place le vaisseau en position et relâche l'accélérateur. Le vaisseau du chasseur de primes te rattrape en quelques secondes et Jaylen attend le moment précis où il est sous vous pour accélérer de nouveau. Les deux vaisseaux avancent à la même vitesse l'un au-dessus de l'autre.

Tu te concentres et le temps semble s'étirer. Tu jettes un œil vers le cockpit du chasseur de primes Trandoshan, qui est visiblement énervé. Mais ce n'est pas ça qui t'intéresse. Tu observes avec attention le panneau de contrôle du vaisseau ennemi, et lorsque tu aperçois le levier de vitesse, tu lèves la main et imagines que tu l'abaisses à fond, au point de tordre le levier de métal dans cette position.

Grâce au pouvoir de la Force, c'est comme si ta main était dans le vaisseau du Trandoshan. Ça marche !

Soudain, le temps reprend son rythme normal. Tu observes le chasseur Trandoshan s'éloigner à la vitesse de la lumière. Tes sens aiguisés par la Force perçoivent les cris du pilote.

— Je crois que nous ne le reverrons pas de sitôt, annonces-tu fièrement. Son vaisseau ne s'arrêtera que lorsqu'il manquera de carburant ou qu'il percutera un astéroïde.

— On forme une super équipe, hein ? répond Jaylen en souriant. Occupons-nous de ce laboratoire maintenant. On ne va pas s'arrêter en si bon chemin !

Choisis ton destin...

Si tu décides de continuer ta route vers le laboratoire secret, va au 16.

Si tu préfères aller à la recherche de Maître Eerin maintenant que ce piège est déjoué, rends-toi au 37.

— Nous allons attendre ici jusqu'à ce que Ventress entre dans le laboratoire de Bitt Panith, puis nous saboterons son vaisseau ! lances-tu, satisfait de ton plan.

— Pourquoi faire ? demande Jaylen, sceptique.

— Elle est ici pour voir Panith. Je pense donc qu'elle vient chercher le cyborg dont parlait Maître Eerin. Si nous sabotons son vaisseau, ça nous laissera du temps pour réfléchir à une stratégie afin de nous débarrasser d'elle et du cyborg.

— Ce n'est pas une mauvaise idée.

Jaylen sourit et tu oublies aussitôt ta colère et ta frustration.

Pendant ce temps, Ventress pénètre par l'entrée secrète du laboratoire, sans se douter qu'elle est observée. Jaylen et toi foncez vers son vaisseau en vous assurant qu'aucun droïde espion ne soit là pour alerter Panith ou Ventress de votre présence.

Une fois sur place, vous activez vos sabres laser et coupez les câbles, avant de vous occuper du moteur.

— Je pense que ça ira, commentes-tu en jetant un œil à Jaylen, puis à votre œuvre de sabotage. Retournons à notre vaisseau, Ventress va revenir d'un moment à l'autre.

Va au 97.

Crovan Dane n'est pas seul. Un puissant guerrier Wookie avec une plaque de métal sur l'œil et une arbalète laser l'accompagne.

— Neutralise le Katarn et remets-le dans sa cage, lance Crovan à son partenaire. Je vais m'occuper de ces deux-là.

Le Wookie acquiesce en grognant. Crovan se tourne vers Jaylen et toi.

— La République doit avoir de sérieux problèmes, si elle envoie un Padawan faire le travail d'un Jedi.

— Nous sommes peut-être jeunes, mais nous avons été entraînés comme des Jedi, répliques-tu avec confiance. Il serait plus sage que vous vous rendiez.

— On dirait que les Jedi t'ont complètement lavé le cerveau avec leur doctrine, continue Crovan. Ton ami, Jaylen, c'est ça ? semble beaucoup plus intelligent que toi. Je n'ai pas pu m'empêcher d'entendre que tu avais envie de quitter l'Ordre des Jedi.

— Qu'est-ce que ça peut vous faire ? demande Jaylen avec curiosité.

Crovan sourit.

— Eh bien, j'ai moi aussi été un initié autrefois, mais j'ai abandonné avant de devenir un Padawan. Je n'arrivais pas à supporter les règles imposées par tous ces vieillards du Conseil qui croient tout savoir sur la Galaxie. Dès que j'ai été en âge de piloter mon propre vaisseau, je me suis enfui de Coruscant pour devenir mercenaire. Si tu cherches quelque chose de nouveau, petit, je serais heureux de te donner un coup de main. Quelqu'un d'aussi bien entraîné que toi ne devrait pas avoir de mal à gagner de l'argent en tant que chasseur de primes ou garde du corps.

— Ne l'écoute pas, Jaylen, le presses-tu, tout en sentant que ton ami a déjà fait son choix.

— Je suis désolé, mais il a raison. L'Ordre Jedi n'est pas un endroit pour moi. Si tu es vraiment mon ami, tu me laisseras faire ce qui est le mieux pour moi. Retourne au village Wookie et occupe-toi du problème de Grakchawwaa.

Choisis ton destin...

Si tu décides de laisser partir Jaylen avec Crovan, rends-toi au 19.

Si tu refuses que ton ami parte avec le mercenaire, va au 101.

Tu ne sais pas si c'est la chance ou la Force qui vous guide, mais Jaylen et toi parvenez à sortir juste à temps du complexe labyrinthique de Bitt Panith. Une énorme explosion retentit peu après que vous avez rejoint la surface de la lune d'Akoshissss. La détonation est si puissante que tu as peur que la lune ne parte en morceaux. Lex ne plaisantait pas.

Lorsque tu rentres au poste de commandement avancé, Maître Bant Eerin t'attend déjà.

— Vous étiez quatre au départ, et vous n'êtes plus que deux. Que s'est-il passé, Padawan ?

Tu expliques le piège tendu par les gardes Magna et aussi la façon dont tu as dû laisser le Sergent Lex et R3-G0.

— Nous n'avons même pas pu découvrir ce qu'était le projet Krossen, ajoutes-tu. Je suis désolé, Maître. Je vous ai déçu.

— Non, mon Padawan. Un Jedi ne doit pas voir les choses en noir ou en blanc. Aujourd'hui, nous n'avons pas perdu, explique Bant Eerin. Il s'agit d'une demi-victoire. Nous devons nous réjouir de nos succès, et pleurer nos pertes.

Ce soir-là, les clones font une minute de silence pour le Sergent Lex et ceux qui sont tombés pendant la bataille. Tu observes la scène de loin, surpris que ces guerriers si identiques en apparence puissent ressentir des sentiments humains. La prochaine fois que tu auras l'honneur et la responsabilité de mener ces hommes au combat, tu feras tout ton possible pour qu'ils reviennent tous en vie.

Tu as aimé te glisser dans la peau d'un jeune Jedi ? Alors découvre vite

Prince of Persia - Le choix de Dastan

Royaume de Perse, VIe siècle

Une invasion se prépare. Elle va changer le cours de l'Histoire… et de ta vie. Tu es Dastan, prince de Perse, et le destin du monde est entre tes mains. Choisiras-tu de le sauver ou de le détruire ?

C'est à toi de décider !

Les as-tu tous lus ?

1. L'invasion droïde

2. Les secrets de la République

3. Le retour de R2-D2

4. Un nouveau disciple

5. La trahison de Dooku

6. Le piège de Grievous

7. Le plan de Darth Sidious

8. L'enlèvement du Jedi

« Pour l'éditeur, le principe est d'utiliser des papiers composés de fibres naturelles, renouvelables, recyclables et fabriquées à partir de bois issus de forêts qui adoptent un système d'aménagement durable.
En outre, l'éditeur attend de ses fournisseurs de papier qu'ils s'inscrivent dans une démarche de certification environnementale reconnue. »

Imprimé en Roumanie par G.Canale & C.
Dépôt légal : juillet 2011
20.07.2188.9/03– ISBN 978-2-01-202188-4
Loi n° 49956 du 16 juillet 1949
sur les publications destinées à la jeunesse

Découvre bientôt d'autres
aventures sur mesure !
ur tout savoir sur la collection,
fonce sur le site
ww.bibliotheque-verte.com